應用文教材

黃俊郎　編

三民書局印行

網際網路位址 http://www.sanmin.com.tw

© 應用文教材

編者 黃俊郎
發行人 劉振强
著作財產權人 三民書局股份有限公司
臺北市復興北路三八六號
發行所 三民書局股份有限公司
地址／臺北市復興北路三八六號
電話／二五〇〇六六〇〇
郵撥／〇〇〇九九九八——五號
印刷所 三民書局股份有限公司
門市部 復北店／臺北市復興北路三八六號
重南店／臺北市重慶南路一段六十一號
初版 中華民國八十年三月
四版 中華民國八十九年三月
編號 S 80074
基本定價 叁元捌角
行政院新聞局登記證局版臺業字第〇二〇〇號

ISBN 957-14-2002-6（平裝）

應用文教材　目次

壹　公文

第一節　公文的意義與要件

公文是處理公務的文書，有一定的製作、傳遞程序，一定的格式，並且發文與受文者當中，起碼有一方是機關。依此意義，公文必須具備下列三要件：

一、有關公務的文書　現行〈公文程式條例〉第一條規定：「稱公文者，謂處理公務之文書。」所謂公務，就是公眾的事務。凡私人的著述和處理私務的文書，例如私人來往的書信、基於權利義務關係所製作的書據契約，都與公務無關，不能稱爲公文。

二、文書的處理者，起碼有一方爲機關　所謂機關，應包括官署及非官署性質的機關（例如民意機關、國營事業機關等）。凡機關相互間因處理公務而往返的文書，當然都稱爲公文。至於人民（包括個人及人民團體）與機關間因申請與答覆而往返的文書，由於有一方是機關，該機關依其權責，必須加以處理，也就成了公務，所以也可稱爲公文。

三、符合一定的程式　通常一件公文，從收文到承辦、擬稿、核稿、決行、發文等，都有一定的製作、傳遞程序。而且擬稿時，必須遵守特定的格式，不能標新立異。例如在公文上，應依照規定蓋用機關印信或首長簽署，並記明年月日及發文字號等；卽使是個人的申請函，也應依規定署名、蓋章，並註明性別、年齡、職業及地址。凡不合程式的文書，應不得視爲公文。

第二節　現行公文程式條例

一、公文程式的意義

所謂公文程式，就是製作公文的程序和格式。規定製作公文的程序和格式的法律，就是＜公文程式條例＞。全國各機關，上自總統府，下至村里辦公室，所使用的公文，都必須依照＜公文程式條例＞的統一規定，作爲共同遵守的準則。否則，漫無限制，各行其是，一定會造成紊亂不堪的局面，增加處理時的痲煩，因而影響行政效率。

二、現行公文程式條例

我國的公文書，在從前專制時代，被視爲官書，它的製作方式，不爲尋常百姓所知曉，民國肇建，推行民主政治，行政措施日趨制度化，所以在民國十七年由國民政府制定公布了〈公文程式條例〉，並陸續於四十一年、六十一年、六十二年、八十二年修正爲十四條，沿用至今。

公文程式條例

中華民國十七年十一月十五日國民政府制定公布
中華民國四十一年十一月二十一日總統修正公布全文十條
中華民國六十一年一月二十五日總統修正公布全文十四條
中華民國六十二年十一月三日總統修正公布第二條、第三條條文
中華民國八十二年二月三日總統修正公布第二條、第三條；並增訂第十二條之一條條文。

第一條　稱公文者，謂處理公務之文書；其程式，除法律別有規定外，依本條例之規定辦理。

第二條　公文程式之類別如左：

一、令：公布法律、任免、獎懲官員，總統、軍事機關、部隊發布命令時用之。

二、呈：對總統有所呈請或報告時用之。

三、咨：總統與國民大會、立法院、監察院公文往復時用之。

四、函：各機關間公文往復，或人民與機關間之申請與答復時用之。

五、公告：各機關對公衆有所宣布時用之。

六、其他公文。

前項各款之公文，必要時得以電報、電報交換、電傳文件、傳眞或其他電子文件行之。

第三條　機關公文，視其性質，分別依照左列各款，蓋用印信或簽署：

一、蓋用機關印信，並由機關首長署名，蓋職章或蓋簽字章。

二、不蓋用機關印信，僅由機關首長署名，蓋職章或蓋簽字章。

三、僅蓋用機關印信。

機關公文依法應副署者，由副署人副署之。

機關內部單位處理公務，基於授權對外行文時，由該單位主管署名，蓋職章，其效力與蓋用該機關印信之公文同。

機關公文蓋用印信或簽署及授權辦法，除總統府及五院自行訂定外，由各機關依其實際業務自行擬訂，函請上級機關核定之。

機關公文以電報、電報交換、電傳文件或其他電子文件行之者，得不蓋用印信或簽署。

第四條　機關首長出缺由代理人代理首長職務時，其機關公文應由首長署名者，由代理人署名。

機關首長因故不能視事，由代理人代行首長職務時，其機關公文，除署首長姓名註明不能視事事由外，應由代行人附署職銜、姓名於後，並加註代行二字。

機關內部單位基於授權行文，得比照前二項之規定辦理。

第五條　人民之申請函，應署名、蓋章，並註明性別、年齡、職業及住址。

第六條　公文應記明國曆年、月、日。

機關公文，應記明發文字號。

第七條　公文得分段敘述，冠以數字，除會計報表、各種圖表或附件譯文，得採由左而右之橫行格式外，應用由右而左直行格式。

第八條　公文文字應簡淺明確，並加具標點符號。

第九條　公文，除應分行者外，並得以副本抄送有關機關或人民；收受副本者，應視副本之內容為適當之處理。

第十條　公文之附屬文件為附件，附件在二種以上時，應冠以數字。

第十一條　公文在二頁以上時，應於騎縫處加蓋章戳。

第十二條　應保守祕密之公文，其制作、傳遞、保管，均應以密件處理之。

第十二條之一　機關公文以電報交換、電傳文件、傳眞或其他電子文件行之者，其制作、傳遞、保管、防偽及保密辦法，由行政院統一訂定之。但各機關另有規定者，從其規定。

第十三條　機關致送人民之公文，得準用民事訴訟法有關送達之規定。

第十四條　本條例自公布日施行。

三、現行公文程式的優點

我國現行＜公文程式條例＞，具有左列優點：

(一)公文的製作，除公布法規、人事任免仍用「令」，對國家元首仍用「呈」，國防部軍令系統行文仍依其規定外，各機關公文往復一律用「函」，充分表現了高度民主與平等的精神。

(二)公文得分段敍述，即採用「主旨」、「說明」、「辦法」三段式活用，不但簡化，而且畫一。

(三)各種公文儘量使用明白曉暢、詞意清晰的語體文，並加註標點符號，務期達到「簡、淺、明、確」的要求。於是公文完全擺脫以往的俗套，充分發揮機關與機關、政府與民眾溝通意見、推行公務的功用，而且在行政革新中發生引導作用。

(四)增列「其他公文」，使以往習慣上及事實上所使用現行法定名稱以外的各種公文，取得法律上的依據。

(五) 如今已是資訊發達的時代，以網路連線傳輸公文，乃必然趨勢與目標，公文格式因而配合修正，簡化成單一格式，統一用紙尺寸，取消欄框及統一字碼，俾利公文傳輸，建立電子化的政府。

第三節　現行公文的種類

依現行〈公文程式條例〉，公文分為六種：令、呈、咨、函、公告、其他公文，其用法如次：

一、令　公布法律，發布行政規章，發表人事命令，總統、軍事機關、部隊發布命令時使用。

二、呈　對總統有所呈請或報告時使用。

三、咨　總統與國民大會、立法院、監察院公文往復時使用。

四、函　各機關處理公務有左列情形之一時使用：

(一)上級機關對所屬下級機關有所指示、交辦、批復時。

(二)下級機關對上級機關有所請求或報告時。

(三)同級機關或不相隸屬機關間行文時。

(四)民衆與機關間的申請與答復時。

五、公告　各機關就主管業務，向公眾或特定的對象宣布週知時使用。

六、其他公文

(一)書函

1.於公務未決階段需要磋商、徵詢意見或通報時使用。

2.代替過去的便函、備忘錄、簡便行文表，其適用範圍較函為廣泛，舉凡答復簡單案情，寄送普通文件、書刊，或為一般聯繫、查詢等事項行文時均可使用。其性質不如函之正式性。

(二)電報、電報交換、電傳文件、傳真或其他電子文件：求快速時用。令、呈、咨、函等公文，必要時都可使用。

(三)簽

1.幕僚處理公務，表達意見，以供上級瞭解案情，並作抉擇的依據時使用。

2.個人對長官有所請示、建議、請求時使用。

(四)報告：個人對長官有所報告或請求時使用。

(五)通知：機關、單位通知個人時使用。

(六)通告、通報：通知機關內各單位、各同仁時使用。

(七)開會通知單：召集會議時使用。

(八)公務電話紀錄：使用電話聯繫、洽詢、通知公務的通話紀錄。

(九)移文單：移送文件時使用。

(十)催辦案件通知單：催辦案件時使用。

(十一)交辦交議案件通知單：交辦交議案件時使用。

除以上所列舉者外，尚有手令、手諭、箋函、便箋、聘書、證明書等，依身分、公務性質及處理方式等使用之。

第四節　公文的處理

一般行政機關的公文處理程序，可分爲收文處理、文書核擬及發文處理三大部分。茲分別加以說明如下：

一、收文處理　依照先後順序，可分成以下六個步驟：

㈠簽收：機關中的外收發人員，收到公文時，應該加以查對點收，註明收到時間，塡給送件回單，或在送文簿、單上蓋收件章，然後依照規定彙送總收文人員。

㈡拆驗：總收文人員收到文件後，如果是機密文件，應送由機關首長指定的密件處理人員收拆。書明「親收」或「親啓」的文件，應送由收件人或收件單位自行拆閱。「限時」文件應立刻處理，普通文件也要及時拆閱。公文附件如果是屬於現金、有價證券、貴重或大宗物品，應先送出納單位或承辦單位點收保管，並且在文內附件欄簽章證明。

㈢分文：總收文人員收到來文經拆驗後，應彙送分文人員辦理分文。分文人員根據來文的時間性、重要性，依本機關的組織系統與事務職掌，認定承辦單位，並分別在右上角加蓋單位戳後，依照順序，迅速確實分辦。對來文未區分等級而認定內容確係急要的，應加蓋戳記，以提高承辦人員的注意。

㈣編號、登記：來文完成分文手續後，就在來文正面適當位置加蓋收文日期編號戳，依照順序編號，一文一號，任何公文進入該機關後，就以這個總編號為準。此外，並將來文機關、文號、附件及案由摘要登記在總收文登記簿上，然後分送承辦單位。急要的公文應提前編號登記分送。

(五)傳遞：文件的傳遞，急要的文件，隨到隨送；一般案件，以每日上下午分批遞送為原則。

(六)單位收發：規模較大，公文收發數額較繁多的機關，內部各單位，通常會指定專人擔任單位收發工作，單位收發人員收到文書主管單位送來的文件，經點收並編單位收文號登記後，立即送請主管（或副主管）批示，或者依照主管的授權，分送承辦人。

二、文書核擬 這是實際處理公文部分，步驟如下：

(一)擬辦：承辦人員依照主管批交的來文、手令、口頭指示，或者是因本身職責而主動擬辦的事項，擬具處理的辦法，提供上級主管的核決。在擬具處理意見時，應注意各種法令規章，文字也要力求簡明具體，不可模稜兩可，或含糊不清，尤其應避免未擬意見，而僅用「陳核」或「請示」等字樣，以圖規避責任。

(二)會商：凡是案件的性質或內容，與其他單位或機關的業務有關，應注意協調聯繫，溝通意見，避免矛盾差異。

(三)陳核：文件經承辦人擬辦後，應該分別按照它的性質，用公文夾遞送主管人員核決。承辦人擬有兩種以上意見備供採擇時，主管或首長應明確擇定一種，或另行批示處理方式，不可作模稜兩可的批示。如果與其他單位有關的，並應先行送會。

(四)擬稿：擬辦文書或簽具意見，經主管人員核定後，就依此撰擬文稿。擬稿必須條理分明，措詞以切實誠懇、簡明扼要爲準，所有模稜空泛的詞句，陳腐套語，地方俗語，以及跟公務無關的話，都應該避免。直接對民眾的，要用語體。引敍來文或法令條文，以扼要摘敍，足供參證爲度。擬稿時，應以一文一事爲原則，來文如果是一文數事的，可以分爲數文答覆。文稿內，遇有重要性的數字，要用大寫。擬辦覆文或轉行的稿件，要把來文機關的發文日期及字號，以國字敍入，俾便查考。

(五)核稿：文稿敍擬定妥後，按核稿系統送由承辦人的直接主管逐級呈核。核稿時，如有修改，不可將原來的字句塗抹掉，只要加以勾勒，在旁邊添註；必要時，在修改的地方，加蓋印章。核稿人員對於案情不甚明瞭時，可以隨時洽詢承辦人員，或者以電話詢問，避免用簽條往返，以節省時間及手續。

㈥會稿：會稿單位對於文稿如有意見，應即提出，一經會簽，就表示是同意，應共同負責。但已經在擬辦時會核的案件，如果稿內所敍述的，跟會核時並無出入，那就不再送會，以節省手續。

㈦閱稿：為減少錯誤起見，文書主管單位應對擬就的文稿，詳加審閱，力求完備正確。如有不同意見，應洽商主管單位或承辦人員改定，或者加簽陳請長官核示，不可逕行批改。

㈧判行：文稿應依分層負責、逐級授權的原則，由主管長官或機關首長判行。判行的時候，應注意文稿內容是否妥當，以及有沒有矛盾、重複、不符等情事。如果認為沒有繕發的必要，或者還需要考慮的，應作「不發」或「緩發」的批示。

㈨回稿、清稿：稿件在送會或陳判過程中，如果改動較多或較為重大，會核或核決人員應退回原承辦人閱後，再行送繕。如果文稿增刪修改過多，應送還原承辦人清稿，然後將原稿附於清稿之後，再陳核判。

三、發文處理　這一部分包括以下幾項工作：

(一)繕(打)印：各單位承辦人所承辦的文稿，經判行後，就轉送文書主管部門簽收，分別繕寫、打字或油印。繕印份數較多的文件，應由分繕人員先向總發文人員提取發文字號打入。

(二)校對：文稿在繕寫或打字完畢後，必須由校對員或原來的文稿承辦人校對，然後在文稿末端加蓋校對章。

(三)蓋印：文書繕印完畢後，由文書主管部門送給監印人員蓋用印信。文件經蓋印後，監印人員在原稿正面加蓋「已用印信」章戳，並在公文送印送發登記表上簽章註明時間。

(四)編號、登記：總發文人員對待發的公文，應詳加檢查核對，並按照性質，依序在文稿發文欄內，編列發文字號，而且蓋上發文日期戳。如果是密件，或有時間性的文件，應分別加蓋戳記標明，以引起受文機關注意。公文經編號發文後，應依序登記在總發文登記表。

(五)封發：發文人員接到待發文件，應複檢附件是否齊全，內文與封套是否相符，然後再封固，並標明速別，登記後送外收發人員遞送。機密性文件應加蓋戳記，另加外封套，由指定人員或文稿承辦人封發。

(六)送達或付郵：文件的送達或付郵，由外收發人員統一辦理。傳送公文及附件，通常應塡具送文簿或公文傳遞清單，寫明送出時間，派專差直接送達受文機關。郵遞公文應依照性質，分別塡送郵遞清單付郵。人事命令、證件、有價證件、訴願文件及機密件，都要以掛號郵件寄發。

(七)歸檔：文件一經發出，由文書主管部門將原稿及附件送交檔案管理單位簽收歸檔。

第五節　公文的作法

一、公文的結構

公文應具備固定的形式，依現行規定，為方便以電子方式傳遞交換，一般公文的結構可分為下列八項：

㈠發文機關全銜及文別　公文上須標明發文機關的全銜，以表示發文主體；並應寫出公文的類別，使承辦人員處理時，一目了然。至於總統發布的令，以及對立法院、監察院所用的咨，則應寫爲總統令、總統咨，而不能寫成以總統府名義行文的總統府令或總統府咨。

㈡發文機關地址及傳真號碼　為便利公文收發機關或民眾間相互聯絡作業，有關相互往來之公文如函等增列發文機關之地址及傳真號碼欄位，以提供完整發文機關資料。令、公告不須此項。

㈢受文者　這是行文的對象，在發文者之後，寫明受文機關的全銜或個人的姓名。但公布法律、任免官員的令，另有它的形式，不列「受文者」。公告類，因為是要使公眾周知，沒有特定的受文對象，所以也不必書寫「受文者」。至於機關內部所用的簽、報告、便箋，也可將受文者寫在正文之後，祇要在對方的名銜之前加「謹陳」、「右陳」或「此致」、「此上」等字樣即可。

㈣管理資料　含速別、密等、發文日期、發文字號及附件等資件。

1、速別：係指希望受文機關辦理之速別。分「最速件」、「速件」等，普通件不必填寫。令、公告不須此項。

2、密等及解密條件：分「絕對機密」、「極機密」、「機密」、「密」，解密條件於其後以括弧註記。如非密件，則不必填寫。令、公告不須此項。

3、發文日期：任何公文，在發文時都要註明發文日期，以為法律上時效的依據。

4、發文字號：任何公文，在發文時都要編列發文字號，以便於檢查。這對發文、受文兩方面，同屬必要。如答復對方來文時，須將來文的字號寫上，一方面固然便於自己的引據，另一方面也使對方易於查考。

5、附件：公文如有附件，應在此項下註明名稱及數量或其他有關字樣。

6、正本、副本：公文除了正本之外，如果公文內容涉及正本受文者以外的有關機關或人民，為了加強聯繫，配合工作，以提高行政效率，因此發送和正本的內容、形式完全相同的副本。為便利電子傳遞交換時正、副本項下所列機關（單位）名稱之擷取，宜將所有正、副本發送機關列明。但為避免因正、副本項下資料較多時，影響公文本文顯現位置，將正本及副本項目移至本文後面。

（五）本文　即公文的主體。茲將發布令、函、公告、書函的基本結構分別說明如下：

1、令

（1）發布令

甲、發布行政規章之令文可不分段，敘述時動詞一律在前，例如：

訂正「○○○施行細則」。

修正「○○○辦法」第○條文。

廢止「○○○辦法」。

乙、多種規章同時發布，可併入同一令內處理。

丙、發布之方式可以公文分行或登載於各級政府公報，由各機關自行規定。

（2）人事命令

甲、人事命令分：任免、遷調、獎懲。

乙、人事命令格式由人事主管機關訂定。

2、函

（1）行政機關的一般公文以「函」為主，製作要領如左：

甲、文字敘述應儘量使用明白曉暢、詞意清晰的文字，以達到〈公文程式條例〉第八條所規定「簡、淺、明、確」的要求。

乙、文句應正確使用標點符號。

丙、文內避免層層套敘來文，只要摘述要點。

丁、應絕對避免使用艱深費解、無意義或模稜兩可的詞句。

戊、應採用語氣肯定、用詞堅定、互相尊重的詞句。

己、函的結構，採用「主旨」、「說明」、「辦法」三段式，案情簡單可用「主旨」一段完成者，勿硬性分割為二段、三段；「說明」、「辦法」兩段段名，均可因事、因案加以活用。

（2）分段要領

甲、「主旨」：為全文精要，以說明行文目的與期望，應力求具體扼要。

乙、「說明」：當案情必須就事實、來源或理由，作較詳細的敘述，無法於「主旨」內容納時，用本段說明。本段段名，可因公文內容改用「經過」、「原因」等其他名稱。

丙、「辦法」：向受文者提出的具體要求無法在「主旨」內簡述時，用本段列舉。本段段名，可因公文內容改用「建議」、「請求」、「擬辦」、「核示事項」等其他名稱。

（3）各段規格

甲、每段均標明段名，段名之上不冠數字，段名之下加冒號「：」。

乙、「主旨」一段不分項，文字緊接段名書寫。

丙、「說明」、「辦法」如無項次，文字緊接段名書寫；如分項條列，應另行低格書寫為一、二、三、……，（一）（二）（三）……，1、2、3、……，（1）（2）（3）……。

丁、「說明」、「辦法」中，其分項條列內容過於繁雜、或含有表格型態時，應編列為附件。

（4）「函」之正文，除按規定結構撰擬外，並應注意左列事項：

甲、訂有辦理或復文期限者，應在「主旨」內敘明。

乙、承轉公文，應摘敘來文要點，不宜在「稿」內書：「照錄原文，敘至某處」字樣，來文過長仍應儘量摘敘，無法摘敘時，可照規定列為附件。

丙、概括的期望語「請　核示」、「請　查照」、「希照辦」等，列入「主旨」，不在「辦法」段內重複；至具體詳細要求有所作為時，應列入「辦法」段內。

丁、「說明」、「辦法」須眉目清楚，分項條列時，每項表達一意，其意義完整者，雖一句，可為一項；否則雖字數略多亦不應割裂。

戊、通常行文的目的如僅為檢送文件，則採一段完成的寫法，將附件名稱及份數在「主旨」段內敘明；若採用二段以上的寫法，則附件名稱及份數，通常寫在「說明」段的最後一項，並在「管理資料」的「附件」項下註明。附件在兩件以上，應冠以數字，以促使受文者注意。

己、文末首長簽署，敘稿時，為簡化起見，首長職銜之下僅書「姓」，名字則以「○○」表示。

庚、須以副本分行者，應在「副本」項下列明；如要求副本收受者作為時，則應改在「說明」段內列明。

3、公告

（1）公告一律使用通俗、簡淺易懂的文字製作，絕對避免使用艱深費解的詞彙。

（2）公告文字必須加註標點符號。

（3）公告內容應簡明扼要，各機關來文日期、文號及會商研議過程等，非必要者，不必在公告內層層套用敘述。

（4）公告的結構分為「主旨」、「依據」、「公告事項」（或說明）三段，段名之上不冠數字，分段數應加以活用，可用「主旨」一段完成者，不必勉強湊成兩段、三段。

（5）公告分段要領

甲、「主旨」應扼要敘述公告之目的和要求，其文字緊接段名冒號之下書寫。

乙、「依據」應將公告事件之原因敘明，引據有關法則及條文名稱或機關來函，非必要不敘來文日期、字號。有兩項以上「依據」者，每項應冠數字，並分項條列，另行低格書寫。

丙、「公告事項」（或說明）應將公告內容，分項條列，冠以數字，另行低格書寫。使層次分明，清晰醒目。公告內容僅就「主旨」補充說明事實經過或理由者，改用「說明」為段名。公告如另有附件、附表、簡章、簡則等文件時，僅註明參閱「某某文件」，公告事項內不必重複敘述。

（6）公告登載時，得用較大字體簡明標示公告之目的，不署機關首長職稱、姓名。

（7）一般工程招標或標購物品等公告，得用表格處理，免用三段式。

（8）公告張貼於機關布告欄時，必須蓋用機關印信，於公告兩字下闢出空白位置蓋印，以免字跡模糊不清。

4、書函　書函文字用語比照「函」之規定。

（六）署名　發文機關首長於本文之後，應簽署職銜姓名，或加蓋印章，以示負責。遇有機關首長出缺或因故不能視事時，則該機關所發公文之署名，依照〈公文程式條例〉第四條規定辦理。

（七）印信　公文蓋用印信，旨在防止偽造、變造，以資信守。關於公文蓋用印信，行政院訂頒的《文書處理檔案管理手冊》中「文書處理」部分，有統一規定：

1、各機關任何文件，非經機關首長或依分層負責規定授權各層主管判發者，不得蓋用印信。

2、監印人員於待發文件檢點無誤後，依左列規定蓋用印信：

（1）發布令、公告、派令、任免令、獎懲令、聘書、訴願決定書、授權狀、獎狀、褒揚令、證明令、執照、契約、證券、匾額及其他依法規定應加蓋用印信之文件，均蓋用機關印信及首長職銜簽字章。

（2）呈：用機關首長全銜、姓名，蓋職章。

（3）函：上行文署機關首長職銜、姓名，蓋職章。平行文蓋職銜簽字章或職章。下行文蓋職銜簽字章。

（4）書函、開會通知單、移文單及一般事務性之通知、聯繫、洽辦等公文，蓋用機關或承辦單位條戳。

（5）機關內部單位主管依分層負責之授權，逕行處理事項，對外行文時，由單位主管署名，蓋單位主管職章或蓋條戳。

（6）會銜公文如係發布命令應蓋機關印信，其餘蓋機關首長職銜簽字章。

3、公文及原稿用紙在兩頁以上者，其騎縫處均應蓋用騎縫章。

4、附件以不蓋用印信為原則，但有規定須蓋用印信者，依其規定。

5、副本之蓋印與正本同，抄本及譯本不必蓋印，但應分別標示「抄本」

或「譯本」。

（八）副署　這是依法應副署的人，在公文的首長署名之後，加以副署，以示與首長共同負責之意。依憲法第三十七條規定：「總統依法公布法律，發布命令，須經行政院院長之副署，或行政院院長及有關部會首長之副署。」但依中華民國憲法增修條文第二條第二項：「總統發布行政院院長與依憲法經國民大會或立法院同意任命人員之任免命令及解散立法院之命令，無須行政院院長之副署。」不需副署的公文，也不得任意加以副署。

二、「簽」、「稿」的撰擬

（一）一般原則

1、性質

（1）簽為幕僚處理公務表達意見，以供上級瞭解案情、並作抉擇之依據，分為左列兩種：

甲、機關內部單位簽辦案件：依分層授權規定核決，簽末不必敘明陳某某長官字樣。

乙、具有幕僚性質的機關首長對直屬上級機關首長之「簽」，文末得用「右陳　○○長」字樣。

（2）「稿」為公文之草本，依各機關規定程序核判後發出。

2、擬辦方式

（1）先簽後稿

甲、制定、訂定、修正、廢止法令案件。

乙、有關政策性或重大興革案件。

丙、牽涉較廣，會商未獲結論案件。

丁、擬提決策會議討論案件。

戊、重要人事案件。

己、其他性質重要必須先行簽請核定案件。

（2）簽稿併陳

甲、文稿內容須另為說明或對以往處理情形須酌加析述的案件。
乙、依法准駁，但案情特殊須加說明的案件。
丙、須限時辦發不及先行請示的案件。
（3）以稿代簽：一般案情簡單，或例行承轉的案件。
3、作業要求
（1）正確：文字敘述和重要事項記述，應避免錯誤和遺漏，內容主題應避免偏差、歪曲。切忌主觀、偏見。
（2）清晰：文義清楚、肯定。
（3）簡明：用語簡練，詞句曉暢，分段確實，主題鮮明。
（4）迅速：自蒐集資料，整理分析，至提出結論，應在一定時間內完成。
（5）整潔：簽稿均應保持整潔，字體力求端正。
（6）一致：機關內部各單位撰擬簽稿，文字用語、結構格式應力求一致，同一案情的處理方法不可前後矛盾。

（7）完整：對於每一案件，應作深入廣泛的研究，從各種角度、立場考慮問題，與相關單位協調聯繫。所提意見或辦法，應力求周詳具體、適切可行。並備齊各種必須之文件，構成完整之幕僚作業，以供上級採擇。

（二）簽之撰擬

1、款式

（1）先簽後稿：「簽」應按「主旨」、「說明」、「擬辦」三段式辦理。

（2）簽稿併陳：視情形使用「簽」的制式用紙，如案情簡單，可使用便條紙，不分段，以條列式簽擬。

（3）一般存參或案情簡單的文件，得於原件文中空白處簽擬。

2、撰擬要領

（1）「主旨」：扼要敘述，概括「簽」之整個目的與擬辦，不分項，一段完成。

（2）「說明」：對案情的來源、經過與有關法規或前案，以及處理方法之分析等，作簡要的敘述，並視需要分項條列。

（3）「擬辦」：為「簽」之重點所在，應針對案情，提出具體處理意見，或解決問題之方案。意見較多時分項條列。

（4）「簽」之各段應截然劃分，「說明」一段不提擬辦意見，「擬辦」一段不重複「說明」。

（三）稿之撰擬

1、草擬公文一律使用制式公文稿紙，按文別應採之結構撰擬。

2、撰擬要領

（1）按行文事項的性質選用公文名稱，如「令」、「函」、「書函」、「公告」等。

（2）一案須辦數文時，參考左列原則辦理：

甲、設有幕僚長的機關，分由機關首長及幕僚長署名的發文，分稿擬辦。

乙、一文的受文者有數機關時，內容大同小異者，同稿併敘，將不同文字列出，並註明某處文字針對某機關；內容小同大異者，用同一稿面分擬。如以電子方式處理者，可用數稿。

三、公文紙格式

裝　訂　線

1.5公分　1.0公分

（機關全銜）（文別）（會銜公文機關排序：主辦機關、會辦機關）

機關地址：（會銜公文列主辦機關，令、公告不須此項）

傳　真：（會銜公文列主辦機關，令、公告不須此項）

受文者：（令、公告不須此項）

速別：（令、公告不須此項）

密等及解密條件：（令、公告不須此項）

發文日期：

發文字號：（會銜公文機關排序：主辦機關、會辦機關）

附件：

2.5公分　2.5公分

（本文）（令：不分段

公告：主旨、依據、公告事項三段式

函、書函等：主旨、說明、辦法三段式

（會銜公文：按機關排序蓋用機關首長簽字章

令：蓋用機關印信、機關首長簽字章

公告：蓋用機關印信、機關首長簽字章

函：上行文－署機關首長職銜蓋職章

下行文－機關首長簽字章

正本：（令、公告不須此項）

副本：（含附件者註明：含附件或含○○附件）

（蓋章戳）書函、一般事務性之通知等：蓋機關（單位）條戳）

3公分

說明：

一、本格式以A4七十磅以上模造紙（或再生紙）製作。

二、依據「公文程式條例」，如以電子交換方式行之，得不蓋用印信。

三、一般公文蓋用機關印信之位置，以在首頁中間偏右下方空白處用印為原則，簽署使用之章戳位置則於全文最後。

第六節　現行公文用語與標點符號

一、公文用語

公文用語，有其獨特的規格及含義，寫作時，必須愼加使用。玆將現行公文用語表列於後，並附「法律統一用字表」、「法律統一用語表」。

1.公文用語

語別	用語	用法	備註
起首語	謹查	對上級機關用。	儘量少用。
	查・關於	通用。	
稱謂語	鈞	有隸屬關係的下級機關對上級機關用，如「鈞部」、「鈞府」。	(一)直接稱謂時用。
	大	無隸屬關係的較低級機關對較高級機關用，如「大院」、「大部」。	(二)書寫「鈞」、「大」、「鈞

貴	對平行機關、或上級機關對下級機關（或首長）、或機關與人民團體間用，如「貴府」、「貴部」、「貴科長」、「貴會」。	長」時，均應空一格示敬。 ㈢書寫「貴」時，遇平行機關，可空一格示敬。 ㈣書寫「職」或自稱名字時，應側書。
鈞長	屬員對長官、或有隸屬關係的下級機關首長對上級機關首長用。	
台端	機關（或首長）對屬員、或機關對人民用。	
先生・女士・君	機關對人民用。	
本	機關（或首長）自稱，如「本縣」、「本校」、「本廳長」。	
職	屬員對長官、或有隸屬關係的下級機關首長對上級機關首長自稱時用。	
本人・名字	人民對機關自稱時用。	
該・職稱	機關全銜如一再提及可稱「該」，對職員稱「職稱」。	間接稱謂時用。

引敍語	奉	開始引敍上級機關或首長公文時用。	㈠儘量少用。
	准	開始引敍平行機關或首長公文時用。	㈡「准」、「據」亦可改用「接」。
	據	開始引敍下級機關或首長或屬員或人民公文時用。	
	復……（來文機關發文年月日字號及文別）……函	復文時用。	
	依（依據、根據）……（來文機關發文年月日字號及文別或有關法令）……辦理	告知辦理的依據時用。	
	……（發文年月日字號及文別）……諒蒙　鈞察	對上級機關去文後續函時用。	
	……（發文年月日字號及文別）……諒達（計達）	對平行或下級機關去文後續函時用。	
經辦語	遵經・遵即	對上級機關或首長用。	
	玆經・嗣經・業經・經已・復經・並經・均經・迭經・前經	通用。	

准駁語	應予照准・准予照辦・准予備查	上級機關對下級機關或首長用。
	未便照准・礙難照准・應毋庸議・應從緩議・應予不准・應予駁回	
	如擬・可・照准・准如所請・如擬辦理	機關首長對屬員或其下屬機關首長用。
	敬表同意・同意照辦	對平行機關用。
	不能同意辦理・歉難同意・無法照辦・礙難同意	
請示語	是否可行・是否有當・可否之處・如何之處	通用
期望或目的語	請　鑒核・請　核示・請　釋示・請　鑒察・請　核轉・請　核備・請　核准施行・請　核准辦理・復請　鑒核	對上級機關或首長用。

	請　查照・請　察照・請　查照辦理・請　查核辦理・請　查照見復・請　同意見復・請　惠允見復・請　查照轉告・請　查照備案・請　查明見復・復請　查照	對平行機關用。	
	希查照・希照辦・希辦理見復・希轉行照辦・希切實辦理・希查照轉告・希查照轉行照辦・希照辦並轉行所屬照辦・希依規定辦理・希轉告所屬切實照辦	對下級機關用。	
抄送語	抄陳	對上級機關或首長用。	有副本或抄件時用。
	抄送	對平行機關、單位或人員用。	
	抄發	對下級機關或人員用。	
附送語	附陳・檢陳	對上級機關或首長用。	有附件時用。
	附・附送・檢附・檢送	對平行及下級機關或人員用。	

結束語	謹呈	對總統簽用。
	謹陳・敬陳・右陳	於簽末用。
	此上・此致	於便箋用。
	本表參考袁金書《新編應用文》編製。	

2 法律統一用字表

用字舉例	統一用字	曾見用字	說明
公布、分布、頒布。	布	佈	
徵兵、徵稅、稽徵。	徵	征	
部分、身分。	分	份	
帳、帳目、帳戶。	帳	賬	
韭菜。	韭	韮	
礦、礦物、礦藏。	礦	鑛	
釐訂、釐定。	釐	厘	

館	舘	使館、領館、圖書館。	
穀	谷	穀、穀物。	
蹤	踪	行蹤、失蹤。	
礙	碍	妨礙、障礙、阻礙。	
賸	剩	賸餘。	
占	佔	占、占有、獨占。	
牴	抵	牴觸。	
雇	僱	雇員、雇主、雇工。	名詞用「雇」。
僱	雇	僱、僱用、聘僱。	動詞用「僱」。
贓	臟	贓物。	
黏	粘	黏貼。	
畫	劃	計畫。	名詞用「畫」。
劃	畫	策劃、規劃、擘劃。	動詞用「劃」。

並。	並	幷	連接詞。
聲請。	聲	申	對法院用「聲請」。
申請。	申	聲	對行政機關用「申請」。
關於、對於。	於	于	
給與。	與	予	給與實物。
給予、授予。	予	與	給予名位、榮譽等抽象事物。
紀錄。	紀	記	名詞用「紀錄」。
記錄。	記	紀	動詞用「記錄」。
事蹟、史蹟、遺蹟。	蹟	跡	
蹤跡。	跡	蹟	
糧食。	糧	粮	
蒐集。	蒐	搜	
菸葉、菸酒。	菸	煙	

儘先、儘量。	儘	盡	
痲類、亞痲。	痲	蔴	
電表、水表。	表	錶	
擦刮。	刮	括	
拆除。	拆	撤	
磷、硫化磷。	磷	燐	
貫徹。	徹	澈	
澈底。	澈	徹	
祇。	祇	只	副詞

3. 法律統一用語表

統一用語	說明
「設」機關	如：「教育部組織法」第四條：「教育部設左列各司、處、室……」。

「置」人員	如：「司法院組織法」第九條：「司法院置祕書長一人，特任，……」。
「第九十八條」	不寫爲：「第九八條」。
「第一百條」	不寫爲：「第一○○條」。
「第一百十八條」	不寫爲：「第一百『一』十八條」。
「自公布日施行」	不寫爲：「自公『佈』『之』日施行」。
「處」五年以下有期徒刑	自由刑之處分，用「處」，不用「科」。
「科」五千元以下罰金	罰金用「科」不用「處」。且不寫爲：「科五千元以下『之』罰金」。
「處」五千元以下罰鍰	罰鍰用「處」不用「科」，且不寫爲：「處五千元以下『之』罰鍰」。
準用「第○條」之規定。	法律條文中，引用本法其他條文時，不寫「『本法』第○條」，而逕書「第○條」。又如：「違反第二十條規定者，科五千元以下罰金」。
「第二項」之未遂犯罰之。	法律條文中，引用本條其他各項規定時，不寫「『本條』第○項」，而逕書「第○項」。如刑法第三十七條第四項「依第一項宣告褫奪公權者，自裁判確定時發生效力。」

「制定」與「訂定」	法律之創制，用「制定」；行政命令之制作，用「訂定」。
「製定」、「製作」	書、表、證照、冊、據等，公文書之製成用「製定」或「製作」，即用「製」不用「制」。
「一、二、三、四、五、六、七、八、九、十、百、千」	法律條文中之序數不用大寫，即不寫爲：「壹、貳、叁、肆、伍、陸、柒、捌、玖、拾、佰、仟」。
「零、萬」	法律條文中之數字「零、萬」不寫爲：「○、万」。

二、標點符號

〈公文程式條例〉第八條規定，公文應加具標點符號，以免受文者曲解文義，貽誤公務。茲將行政院訂頒的《文書處理檔案管理手冊》中的〈文書處理〉所附「標點符號用法表」列於後：

符號	名稱	用法	舉例
。	句號	用在一個意義完整文句的後面。	公告○○商店負責人張三營業地址變更。

，	點號	用在文句中要讀斷的地方。	本工程起點爲仁愛路，終點爲……
、	頓號	用在連用的單字、詞語、短句的中間。	1.建、什、田、旱等地目…… 2.河川地、耕地、特種林地等…… 3.不求報償、沒有保留、不計任何代價……
；	分號	用在下列文句的中間： 一、並列的短句。 二、聯立的複句。	1.知照改爲查照；遵辦改爲照辦；遵照具報改爲辦理見復。 2.出國人員於返國後一個月內撰寫報告，向○○部報備；否則限制申請出國。
：	冒號	用在有下列情形的文句後面： 一、下文有列舉的人、事、物時。 二、下文是引語時。 三、標題。 四、稱呼。	1.使用電話範圍如次：(1)……(2)…… 2.接行政院函： 3.主旨： 4.○○部長：
？	問號	用在發問或懷疑文句的後面。	1.本要點何時開始正式實施爲宜？ 2.此項計畫的可行性如何？

！	驚歎號	用在表示感歎、命令、請求、勸勉等文句的後面。	1.……又怎能達成這一爲民造福的要求！ 2.希照辦！ 3.請鑒核！ 4.來努力創造我們共同的事業、共同的榮譽！
「」『』	引　號	用在下列文句的後面（先用單引，後用雙引）： 一、引用他人的詞句。 二、特別着重的詞句。	1.總統說：「天下只有能負責的人，才能有擔當。」 2.所謂「效率觀念」已經爲我們所接納。 3.總統說：「立志有恆，就是『天行健，君子以自強不息』的意思。」
—	破折號	表示下文語意有轉折或下文對上文的註釋。	1.各級人員一律停止休假—卽使已奉准有案的，也一律撤銷。 2.政府就好比是一部機器—一部爲民服務的機器。
……	删節號	用在文句有省略或表示文意未完的地方。	憲法第五十八條規定，應將提出立法院的法律案、預算案……提出於行政院會議。
（）	夾註號	在文句內要補充意思或註釋時用的。	1.公文結構，採用「主旨」「說明」「辦法」（簽呈爲「擬辦」）三段式。 2.臺灣光復節（十月廿五日）應舉行慶祝儀式。

第七節　公文範例（依行政院八十七年二月二十六日臺八十七祕字第一二五九八號函修正格式撰擬）

一、令

(一)公布令

總統令

發文日期：中華民國○○年○○月○○日

發文字號：（　）　字第　號

茲制定「行政院環境保護署環境檢驗所組織條例」，公布之。

總　統　○○○

行政院院長　○○○

行政院　令

發文日期：中華民國○○年○○月○○日

發文字號：（　）　字第　號

修正「中央選舉委員會組織規程第二條、第三條、第六條、第八條、第十二條、第十五條、第十六條條文暨編制表」。

附「中央選舉委員會組織規程第二條、第三條、第六條、第八條、第十二條、第十五條、第十六條條文暨編制表」。

院　長　○○○

㈡人事命令

1.任免

○○部　令

發文日期：中華民國○○年○○月○○日

發文字號：（　）字第　號

任命○○○為本部科員。

部　長　○○○

2.頒給勳章

總統令

發文日期：中華民國○○年○○月○○日
發文字號：（　）　字第　號

茲頒給○○○三等景星勳章。

總　統　○○○
行政院院長　○○○

3. 褒揚

總統令

發文日期：中華民國○○年○○月○○日
發文字號：（　）　字第　號

國民大會代表、總統府國策顧問方治，志慮忠純，操履篤實。抗戰時任安徽省政府教育廳廳長，廣設臨時學校，教育失學青年，績效孔昭。勝利後膺選第一屆國民大會代表，翊贊憲政。嗣受命出任福建省政府祕書長、代理省政府主席，於屯難之際，益彰忠藎。中國大陸災胞救濟總會成立，歷職總幹事、祕書長、副理事長，撫慰流亡難胞，救助反共義士，為國宣仁，克濟時艱。茲聞溘逝，深致悼惜，應予明令褒揚，以示政府篤念耆勳之至意。

總　統　○○○

行政院院長　〇〇〇

4.追晉

總統令

發文日期：中華民國〇〇年〇〇月〇〇日

發文字號：（　）　字第　號

追晉故空軍少校〇〇〇為空軍中校。

總　統　〇〇〇

行政院院長　〇〇〇

國防部部長　〇〇〇

5.獎懲

〇〇院　令

發文日期：中華民國〇〇年〇〇月〇〇日

發文字號：（　）　字第　號

本院祕書〇〇〇克盡職責，成績優良，應予記功一次，以資激勵。

院　長　〇〇〇

二、呈

司法院　呈

機關地址：
傳真：

受文者：總統

速別：
密等及解密條件：
發文日期：中華民國○○年○○月○○日
發文字號：（　）　字第　號
附件：

主旨：據行政法院呈送○○股份有限公司代表人○○○因○○年營業稅事件，不服財政部所為之再訴願決定，提起行政訴訟一案判決書。謹檢同原件呈請　鑒核施行。

正本：總統
副本：

司法院院長　○○○□

三、咨

立法院　咨

機關地址：
傳真：

受文者：總統

速別：
密等及解密條件：
發文日期：中華民國○○年○○月○○日
發文字號：（　）　字第　號
附件：○○法一份

主旨：修正○○法，咨請公布。

說明：
一、行政院○○年○○月○○日字第○○號函請審議。
二、本院第○○會期第○○次會議修正通過。

立法院院長　○○○

正本：總統
副本：

四、函

㈠三段式、一段完成、下行函、通函、創稿

臺南縣政府　函

機關地址：
傳真：

受文者：○○鄉公所

速別：
密等及解密條件：
發文日期：中華民國○○年○○月○○日
發文字號：（　）　字第　號
附件：

主旨：為普及國民義務教育，對少數未按規定就學之國民，應派員實地調查瞭解並進行勸導，希照辦。

正本：各鄉鎮市公所
副本：

縣長　○○○

(二)三段式、一段完成、平行函、創稿

經濟部　函

機關地址：
傳真：

受文者：財政部

速別：
密等及解密條件：
發文日期：中華民國○○年○○月○○日
發文字號：（　）字第　號
附件：

主旨：本部因業務需要，擬商調　貴部祕書○○○來部服務，請　查照惠允見復。

正本：財政部
副本：

部長　○○○

㈢三段式、一段完成、上行函、創稿、請核

行政院人事行政局　函

機關地址：
傳真：

受文者：行政院

速別：

密等及解密條件：

發文日期：中華民國○○年○○月○○日

發文字號：（　）　字第　號

附件：行政院暨所屬各部會處局署員工自強及康樂活動實施要點一份

主旨：檢陳「行政院暨所屬各部會處局署員工自強及康樂活動實施要點」一份，請　核定。

正本：行政院

副本：

局長　○○○　職章

(四)三段式、二段完成、下行函、通函、創稿、有副本收受者

臺東縣政府　函

機關地址：

傳真：

受文者：○○國民中學

速別：
密等及解密條件：
發文日期：中華民國〇〇年〇〇月〇〇日
發文字號：（　）　字第　號
附件：

主旨：各校應切實按照「課程標準」規定召開班會，使學生了解會議進行程序，培養其民主政治理念，希照辦。

說明：

一、各校得視實際需要情形，酌予安排學生參觀各級地方民意機關及政府活動項目，並洽請被參觀機關指定專人負責講解該機關概況，以增認識。

二、各校班會實施情形，列入視導考核重點。

正本：各國民中學
副本：各督學、教育局學管課

縣　長　〇〇〇

(五)三段式、二段完成、下行函、核復、對副本收受者有所要求

行政院　函

機關地址：
傳真：

受文者：經濟部

速別：
密等及解密條件：
發文日期：中華民國○○年○○月○○日
發文字號：（　）　字第　　號
附件：

主旨：所請派○○局組長○○○前往○○○及○○○洽商設立○○中心業務，准予照辦，並由外交部發給○○護照，所需經費依規定標準在推廣○○○基金項下核實列支，並由財政部核結外匯。

說明：復○○年○○月○○日○○字第○○號函。

正本：經濟部
副本：外交部（附原出國人員事項表及日程表）、財政部（附原預算表）、本院主計處（附原日程表及預算表）、內政部入出境管理局、經濟部○○局

院　長　○○○

(六)三段式、二段（主旨、辦法）完成、下行函、通函、創稿

機關地址：
傳真：

行政院　函

受文者：高雄市政府

速別：
密等及解密條件：
發文日期：中華民國○○年○○月○○日
發文字號：（　）　字第　號
附件：

主旨：禁止本院所屬公務人員從事不動產買賣謀取非法利益，如有違反規定，應按違抗命令予以記大過二次免職，涉及刑事責任者，並移送法辦，請轉告所屬切實照辦。

辦法：

一、嚴禁公務人員以本人或利用配偶或無獨立生活能力子女之名義，從事經營不動產買賣之商業行為，違者免職。其有壟斷、投機情事者，並依法嚴懲。

二、嚴禁各級公務人員利用其職務上之便利買賣不動產，違者免職，並依法嚴懲。

三、公務人員利用職務上之權力、機會、方法或祕密消息，自為或使他人為不動產買賣之營利行為而圖利者，先予免職，並依貪汙治罪，從嚴懲處。

四、該管長官知其所屬人員有上述情事，而不依法處置者，嚴予懲處。

正本：各部會處局署及省市政府
副本：

院　長　〇〇〇

㈦三段式、二段完成、平行函、創稿

機關地址：
傳真：

立法院　函

受文者：行政院

速別：
密等及解密條件：
發文日期：中華民國〇〇年〇〇月〇〇日
發文字號：（　）　字第　號
附件：

主旨：檢送〇委員〇〇關於節約能源問題之質詢一份，請　惠復。

說明：提經本院第〇〇會期第〇〇次會議報告。

院長　〇〇〇

正本：行政院
副本：

機關地址：
傳真：

㈧三段式、二段完成、上行函、復函、請核

行政院新聞局　函

受文者：行政院

速別：
密等及解密條件：
發文日期：中華民國〇〇年〇〇月〇〇日
發文字號：（　）　字第　號
附件：淨化電視節目辦法草案

主旨：檢陳「淨化電視節目辦法草案」乙種，請　鑒核。

說明：根據　鈞院〇〇年〇〇月〇〇日〇〇字第〇〇號函辦理。

正本：行政院

副本：

局長　○○○ 職章

(九)三段式、二段完成、上行函

○○縣○○鎮公所　函

機關地址：
傳真：

受文者：○○縣政府

速別：
密等及解密條件：
發文日期：中華民國○○年○○月○○日
發文字號：（　）　字第　　號
附件：競賽經費概算書一份

主旨：請撥款補助本鎮推行國民生活須知實踐競賽。

說明：

一、本次競賽依　鈞府○○年○○月○○日○○字第○○號函辦理。

二、本次競賽所需經費估為新臺幣○○元，本鎮已籌列新臺幣○○元，尚不足新臺幣〇〇元。

正本：〇〇縣政府
副本：

鎮長　〇〇〇

㈩三段式、二段完成、上行函、會銜、請核

內政部
外交部　函

機關地址：
傳真：

受文者：行政院

速別：
密等及解密條件：
發文日期：中華民國〇〇年〇〇月〇〇日
發文字號：（　）字第　號
附件：「中央級公務人員出國進修申請辦法」草案一份

主旨：檢陳「中央級公務人員出國進修申請辦法」草案一份，請　鑒核。

說明：奉　鈞院〇〇年〇〇月〇〇字第〇〇號函辦理。

外交部部長　○○○　職章

內政部部長　○○○　職章

正本：行政院
副本：

㈡三段式、三段完成、下行函、核復、有副本收受者

機關地址：
傳真：

行政院　函

受文者：內政部

速別：
密等及解密條件：
發文日期：中華民國○○年○○月○○日
發文字號：（　）　字第　號
附件：

主旨：核復關於中華民國社區發展研究訓練中心今後工作計畫重點及○○年度預算一案，希照辦。

說明：本案係根據貴部〇〇年〇〇月〇〇日〇〇字第〇〇號函，並採納本院主計處及國際經濟合作發展委員會議復意見。

辦法：

一、所擬社區發展研究訓練中心今後工作計畫重點五項，原則照准，惟應加列「評估現行社區發展方案得失，以謀改進」一項。

二、應由貴部衡酌財力，就上列重點研擬詳細計畫報院，並就所需經費核實編列分配預算，其可節減部分應不予分配。

院　長　〇〇〇

正本：內政部

副本：本院主計處、本院國際經濟合作發展委員會

(三)三段式、三段完成、下行函、通函、創稿

臺中縣政府　函

機關地址：

傳真：

受文者：〇〇鄉公所

速別：
密等及解密條件：
發文日期：中華民國○○年○○月○○日
發文字號：（　）　字第　　號
附件：
主旨：勸導鄉、鎮、市民迅速整修房屋，疏濬河道川流，修築堤防，預防颱風之侵襲。
說明：臺灣為亞熱帶地區，易遭颱風侵襲，每年損失重大，慘痛之教訓，記憶猶新，允宜及早準備，以策安全。事關人民生命及財產之安全，不可稍有疏忽，多一分準備，即少一分損失。
辦　法：如民眾無力辦理者，可設法酌予貸款支助，事後無息分期收回。

縣　長　○○○

正本：各鄉、鎮、市公所
副本：

機關地址：

㈢三段式、三段完成、平行函、創稿

行政院國家科學委員會　函

傳真：

受文者：教育部

速別：

密等及解密條件：

發文日期：中華民國○○年○○月○○日

發文字號：（　）　字第　號

附件：

主旨：函請就主管業務，統籌規劃，積極培植科技人才，俾教育與經濟建設相配合，以適應當前情勢之需要。

說明：

一、近年國內經濟迅速發展，各項建設正加緊進行，根據本會調查資料顯示，各負責工程單位，往往缺乏科技人才，如不及時補救，其後果將更趨嚴重。

二、貴部職掌全國教育，如何培植科技人才以配合國家建設，似應作全盤規劃，迅付實施。

建議：

一、各大專院校應寬籌經費，充實理工科系師資及設備，擴充班次，增設獎學金，並擬訂其他獎助辦法，以鼓勵青年就學。

二、請　貴部邀集有關機關及大專院校負責人，舉行會議，商討關於充分發揮教育功能，積極培植科技人才之具體可行辦法。

主任委員　〇〇〇

正本：教育部
副本：

㈣三段式、三段完成、上行函、請核、有副本收受者

內政部函

機關地址：
傳真：

受文者：行政院

速別：
密等及解密條件：
發文日期：中華民國〇〇年〇〇月〇〇日
發文字號：（　）　字第　號
附件：

主旨：為本部辦理臺南市地籍航測試驗，改定試驗區範圍，並簡化本案經費處理，請核示。

說明：

一、本部為辦理地籍圖航空重測，經訂定試驗區計畫報院，並電話洽准　鈞院研考會答復：「本案原則上照部擬計畫辦理，即可核定。」已於○○月○○日開始依照進度辦理講習、調查地籍及佈設航測標等工作中。

二、若干對測量素有研究人士反映：

（一）鑑於外國實例：都市地區高層建物林立，以航測方式辦理測量，頗有困難。

（二）建議本案試驗區可儘量包括：建、什、田、旱等各種地目，以擷取工作經驗。

三、本案委由成功大學工學院承攬，因工學院無專門會計人員，如依一般規定辦理，經費報銷將有困難。

擬辦：

一、在不變更試辦面積的原則下，將試驗區改定於臺南市西區鹽埕段一帶（即東自逢甲路起，西至大德街止，南自健康路西段都市計畫預定道路起，北至鹽埕段五德街止）。

二、與成功大學工學院簽訂委託契約書，約定所需經費由本部補助。

部　長　○○○　職章

正本：行政院

副本：行政院研考會、行政院主計處、國立成功大學工學院、本部地政司、本部會計處

五、公告

(一)登報用、三段式

內政部　公告

發文日期：中華民國〇〇年〇〇月〇〇日
發文字號：（　）字第　號

主旨：公告民國〇〇年出生的役男應辦理身家調查。

依據：徵兵實施條例。

公告事項：

一、民國〇〇年出生的男子，本年已屆徵兵及齡，依法應接受徵兵處理。

二、請該徵兵及齡男子或戶長依照戶籍所在地（鄉、鎮、市、區）公所公告的時間、地點及手續，前往辦理申報登記。

(二)登報用、表格式

交通部臺灣區國道高速公路局　公告

發文日期：中華民國〇〇年〇〇月〇〇日
發文字號：（　）字第　號

主旨：中山高速公路明倫國中段試驗用防音牆新建工程第二次招標公告。

公告事項：

廠商資格	廠商應具證件	圖說費	押圖費	押標金	領取圖說地點及截止時間	開標時間及地點
丙等以上營造業未受停業處分及最近三年內無不良紀錄者。	廠商在領取圖說時應攜帶印鑑，並繳驗後列證件（影本不受理）：㈠營造業登記證㈡承包工程呈報手冊㈢營利事業登記證。㈣納稅證明單㈤公會會員證	新臺幣一千元整不論得標與否概不退還。	新臺幣五千元整廠商於開標七日內繳還所領圖說（含設計圖、施工規範等）後無息退還。	新臺幣九十萬元整限臺灣銀行本票或短期公債未得標者無息退還	臺北縣泰山鄉黎明村半山雅七十號本局工務組工程科。〇〇年〇〇月〇〇日至〇〇年〇〇月〇〇日止，每日上午八時三十分至下午四時止辦公時間內。	〇〇年〇〇月〇〇日上午十時三十分在本局二樓會議室。

㈢登公報用、三段式、三段完成

內政部警政署　公告

發文日期：中華民國○○年○○月○○日
發文字號：（　）　字第　號

主旨：警察人員服務證於○○年○○月○○日換發，舊證同時作廢。

依據：警察人員服務證發給規則。

公告事項：

一、新換發之警察人員服務證式樣為：橫式、紅色底、金色邊，正面左方由右至左兩橫列書寫「警察人員」、「服務證」金色字，並於兩橫列中間刊印警徽，右方貼相片，背面底為白色、印淺藍色小警徽；填寫服務機關、職別、姓名、出生日期、證號、發證日期及有效期限，並加蓋服務機關主官官章等項，字體正楷黑色，證長五·五公分，寬八·五公分。

二、新換發警察人員服務證於○○年○○月○○日使用，舊證同時作廢。

署　長　○○○

四張貼用、三段式、三段完成

○○市○○區公所　公告

發文日期：中華民國○○年○○月○○日
發文字號：（　）　字第　號

主旨：公告本區原忠勤里改為忠勤、忠恕、忠愛三個里及其實施日期。

依據：○○市政府○○字第○○號函。

公告事項：

一、本區忠勤里原第○鄰至第○鄰仍為忠勤里。
二、原忠勤里第○鄰至第○鄰改為忠恕里。
三、原忠勤里第○鄰至第○鄰改為忠愛里。
四、均於○○年○○月○○日起實施。

區長　○○○

六、書函

臺北市○○國民中學　書函

機關地址：臺北市○○路○○號
傳真：（○二）○○○○○○○

受文者：臺北市市立動物園

速別：速件
密等及解密條件：
發文日期：中華民國八十六年○○月○○日
發文字號：（八六）　字第　號
附件：

主旨：本校為舉辦課外教學需要，擬前往　貴園參觀，敬請惠予協助、指導，請　查照。

說明：

一、本校○年級學生計○○人，訂於○年○月○日前往　貴園參觀，屆時惠請派員導引、解說。

二、本案本校聯絡人：○○○，電話：○○○○○○○○

正本：臺北市市立動物園
副本：臺北市政府教育局

（臺北市○○國民中學條戳）

七、簽

㈠三段式、具有幕僚性質的機關首長對上級機關首長

簽　於（機關或團體）

主旨：○○部為亞洲開發銀行請撥付亞洲蔬菜研究發展中心補助費新臺幣○○○元，擬准動支本年度第二預備金，簽請　核示。

說明：○○部函為○○銀行以亞洲開發銀行請自該行B帳戶我國繳付本國幣股本內支付亞洲蔬菜研究發展中心新臺幣○○○元，業已先行墊撥，上項亞洲蔬菜研究發展中心補助費，本年度未列預算，既由○○銀行墊付，請准在○○年度第二預備金項下撥還歸墊。又本案事關涉外重要案件，特專案簽辦。

擬辦：擬准照○○部所請在本年度中央政府總預算第二預備金項下動支。

敬　陳

○　長

副○長

○○○　職章　（日期）

㈡三段式、僚屬對主官

簽　於（機關或單位）

主旨：本校○○科○年○班學生○○○，參加社區服務工作，表現優異，為校爭光，請予獎勵。

說明：

一、○生自○○學年起，持續利用寒暑例假，組隊為社區民眾作家電用品免費維修服務，迭獲佳評。

二、檢陳社區民眾代表○○○等來函及民眾服務分社感謝狀。

右　陳

校　長

○○○　職章　（日期）

㈢條列式、僚屬對主官

簽　於（機關或團體）

一、銓敘部函，為檢送○○職系職級規範，請　查照一案。

二、查本會未實施職位分類，上項職級規範，尚不需用，擬存。

職○○○　職章　（日期）

八、申請函

(一)請補發證書

申請函中華民國○○年○月○日

受文者：○○工商專科學校

主旨：請補發畢業證書，以便參加高等考試。

說明：

一、申請人民國○○年○○月畢業於母校○○科。

二、前領畢業證書因民國○○年○○月○○日水災流失。

申請人：○○○ 私章

住址：

(二)請發給證明

申請函中華民國○○年○月○日

主旨：請整修○○路排水溝，以利公共衛生。

說明：

一、申請人住宅附近○○路排水溝，久未疏濬，淤泥、雜物阻塞，水流不暢。

二、往年三月例由　貴所派工疏濬此一溝渠，今已屆七月，迄未見清理。

三、日來天氣炎熱，污水經烈日蒸曬，不僅臭氣薰人，而且滋生蚊蠅，繁殖細菌，尤易傳染疾病，影響附近居民健康。

申請人：○○　私章

性　別：男

年　齡：

職　業：

身分證統一編號：

住　址：

九、報告

(一)補辦請假

報告　於○科○年○班

主旨：請　准補辦○○月○○日至○○月○○日的請假手續。

說明：

一、生於本月○○日返○○縣○○鎮省親，因○○颱風造成南北交通中斷，迄○○日交通恢復，始克返校。

二、檢陳家長證明書一紙。

謹陳

導師

訓導主任

○科○年○班

學生 ○○○□(日期)

學號 ○○○○○○

(二)請婚假

報告　於○○○○○

主旨：請　准婚假兩週，並遴員代理職務。

說明：

一、職訂於○月○日與○○○小姐結婚。

二、擬請婚假自○月○日起，至○月○日止，共十二個工作天。

三、檢陳結婚喜帖一紙。

敬 陳

主任

處長

（蓋級職姓名章）（日期）

一〇、通知

通知

機關地址：

傳真：

受文者：〇〇〇先生

速別：

密等及解密條件：

發文日期：中華民國〇〇年〇〇月〇〇日

發文字號：（ ） 字第 號

附件：

主旨：台端應八十〇年專職技術人員普通考試，業經榜示錄取，請即將證書費〇〇元整及最近半身正面二吋照片二張，逕寄本部出納科，以便轉請核頒及格證書。

正本：
副本：

考選部第一司（戳）啟

一一、通告

通告〇〇年〇〇月〇〇日

主旨：本校〇〇年元旦團拜，訂於元月一日八時三十分在大禮堂舉行，敬希各同仁屆時蒞臨參加。

人事室（簽章）

一二、通報

通報〇〇年〇〇月〇〇日

一、〇〇大學教授〇〇〇先生於〇月〇日〇時蒞臨本校大禮堂講演，講題為「我國當前工業問題之剖析」。

二、敬希本校同仁屆時踴躍出席聽講。

祕書室（戳）

一三、公務電話紀錄

臺北縣政府民政局公務電話紀錄

協調事項	協調會議時間
發受話人通話內容	發話人：選舉座談會定於○月○日舉行，如何？ 受話人：可以。
發話人單位級職姓名	民政局第○科科長○○○
受話人單位級職姓名	○○鄉鄉長○○○
通話時間	○年○月○日○午○時○分
備註	

一四、移文單

行政院祕書處　移文單

機關地址：臺北市忠孝東路一段一號
傳真：（〇二）〇〇〇〇〇〇〇

受文者：內政部

速別：
密等及解密條件：
發文日期：中華民國〇〇年〇〇月〇〇日
發文字號：（　）　字第　號
附件：

主旨：臺北縣政府〇年〇月〇日〇字第〇號函有關配合推行社區發展案，因案屬　貴管，移請　卓辦。

（行政院祕書處條戳）

正本：內政部
副本：

一五、催辦案件通知單

行政院　催辦案件通知單

機關地址：臺北市忠孝東路一段一號
傳真：（〇二）〇〇〇〇〇〇〇

受文者：〇〇〇

速別：
密等及解密條件：
發文日期：中華民國〇〇年〇〇月〇〇日
發文字號：（　）　字第　號
附件：

主旨：有關〇〇〇案已於〇年〇月〇日以〇字第〇號通知單奉交　貴〇辦理，請剋日見復，以便轉陳。

正本：〇〇〇
副本：

（蓋條戳）

一六、交辦（議）案件通知單

行政院　交辦（議）案件通知單

機關地址：臺北市忠孝東路一段一號
傳真：（〇二）〇〇〇〇〇〇〇

受文者：行政院主計處

速別：
密等及解密條件：
發文日期：中華民國○○年○○月○○日
發文字號：（　）　字第　　號
附件：檢附原函影本暨附件乙份
主旨：有關交通部函陳「政府機關公文電子交換系統」營運可行性規劃書乙案，奉交
貴機關研提卓見，請於文到後二週內見復。
正本：行政院主計處、行政院研究發展考核委員會
副本：
（蓋條戳）

【習作題】

一、試擬臺北市政府致所屬各級學校函：希加強學生生活輔導，促進品德修養，以消弭越軌行動。
二、試代學校撰擬一則舉行學期考試的公告。

三、〇〇鄉公所民政課課員〇〇〇因車禍受傷，不能上班，檢附公立〇〇醫院診斷書，擬請假十天，試代撰寫三段式報告。

貳　書信

第一節　書信的意義

書信是一種聯絡情誼、敘事達意的文書。我們置身在文明進步、工商發達的今天，人際交往日趨頻繁，在彼此分隔兩地的情況下，雖然可以利用電話等現代科技產品，以言語直接溝通，但書信仍然是傳遞音訊的最主要工具。書信不僅能夠暢所欲言，而且可以保存起來，具有紀念價值。

一般說來，書信與普通文章顯然不同的地方有三：一是有一定的對象，必須注意禮節，尊重對方的地位，使收信人樂於接受。二是以實際問題爲內容，有一定的範圍，文字必須力求簡明、扼要，使對方一目了然。三是有一定的格式，有專門的用語，必須依照一般的習慣，方爲妥當。除了以上三個特點外，我們必須了解：書信雖然與普通文章不同，但是一定要文章寫得好，書信才能寫得好；書信雖然與一般書法不同，但是一定要字體寫得端正，才更能表示對受信人的尊重。

第二節　書信的種類

書信的應用範圍廣泛，種類繁多。大致而言，每一封信都有受信人和所談的事，因此，可依「人」、「事」兩種角度加以分類。

依「人」而分，書信可概括分爲上行、平行、下行三類。上行書信的受信人是長輩，如祖父母、父母、岳父母、長官、師長或年齡比自己大二十歲以上的人；平行書信的受信人是平輩，如兄弟姊妹、同學、朋友、同事；下行書信的受信人是晚輩，如子女、姪、甥、學生或年齡比自己小二十歲以上的人。

依「事」而分，書信可概括分爲應酬、應用、議論、聯絡四類。應酬的書信，如慶賀、弔唁、慰問等；應用的書信，如請託、借貸、推薦等；議論的書信，如論學、論事、勸勉等；聯絡的書信，如問候、通知等。

上述兩種分類，彼此之間是相互關聯而非各自孤立的，亦即上行、平行、下行書信，都可有應酬、應用、議論、聯絡等內容。分類的意義在於提醒我們，寫信時要考慮到「給什麼人」、「談什麼事」，而在格式、用語方面，作最恰當的安排。

第三節　信封封文的結構

封文，指寫在信封上的文字。書信的傳遞，通常用郵寄，也可託人帶交，因爲有這兩種不同的方式，所以信封封文的結構和寫法也有所不同。

一、郵寄封

㈠中式信封

1. 格式　信封通常都有一定的格式，中式標準信封是直行，信封上印有長方形的紅色線框。依此紅色線框爲準，可分爲三部分，卽框右欄、框內欄、框左欄。如果是沒印長方形紅色線框的信封，應用時也要在心裏認爲它有框，依照一般有紅色線框的來書寫。

2. 結構　根據直式信封的格式，一封完整的郵寄封，它的封文結構可有：

(1)框右欄　包括受信人的郵遞區號、地址。

(2)框內欄　包括受信人的姓名、稱呼和啓封詞。

(3)框左欄　包括發信人的地址、發信人的姓（或姓名）、緘封詞和郵遞區號。

茲舉實例如左：

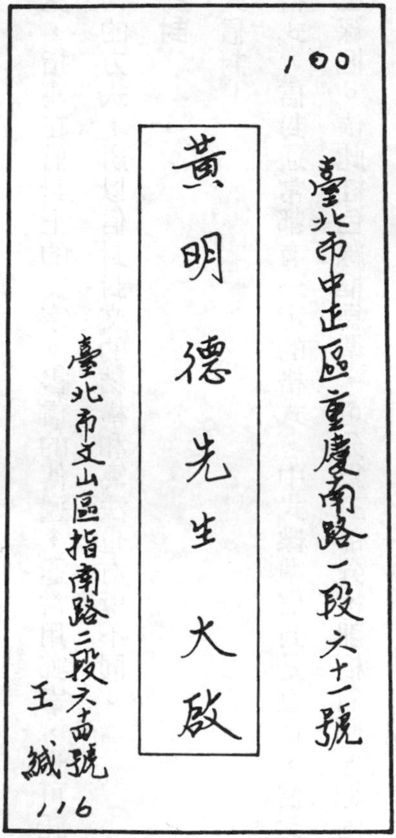

3.寫法　從前的人對於封文的行數，有所謂「三凶四吉五平安」的說法，所以對朋友寫信，封文總是寫四行，對家人寫信，封文就常寫五行。現在已經不太重視這樣的規矩，但字體仍須端正明晰，否則郵差投遞不到就誤事了。茲將信封封文的寫法分別說明於左：

(1)框右欄　根據郵局公布的標準信封規格，受信人的地址只要寫成一行，但字數較多，亦可分成兩行書寫，第一行寫行政區（包括市縣、鄉鎮市區），第二行寫街路名稱（包括段、巷、弄、號、樓層），郵遞區號以阿拉伯數字，端端正正的寫在上方的紅框格內。但書寫時，框右欄收信人的地址第一個字不可高於框內欄受信人的姓，而且字體要略小一些，以對受信人表示尊敬。如果信件是寄到受信人服務的機關或公司行號，那麼受信人服務的機關或公司行號的名稱一定要擡頭，也就是自成一行，第一個字的高度和受信人的姓平齊。

(2)框內欄　受信人的姓、名、稱呼、啓封詞必須在信封上印好的長方形紅色線框內的正中書寫，算好字數，預先排好，字與字之間的距離，一定要勻稱，只有受信人的「姓、名、稱呼」最下面一個字和啓封詞最上面一個字之間有較大的距離。受信人的姓可以頂框，但不可觸線；啓封詞的最後一字，可以抵框，但也不可觸線。茲將受信人「姓、名、稱呼」的組合方式，列舉如左：

第一式

黃明德先生大啟

第二式

黃明德經理大啟

第三式

黃經理明德　大啟

第四式

黃經理明德　大啟

以上四式，第一式所示爲姓、名、稱呼的組合；第二式爲姓、名、稱呼的組合，但稱呼不採一般性的先生、女士、小姐等，而改用受信人職位；第三式爲姓、稱呼（職位的）、名；第四式爲姓、稱呼（職位的）、名，而名採側右略小的「側書」方式。這四種寫法都是正確的，而禮貌意味依次加濃。如果受信人有字或號，則可逕寫字號而不寫名，也是一種表示禮貌的方式。

封文上的側書，是對受信人表示尊敬、禮貌，有不敢直呼對方名字的意思。在使用時須注意：甲、只能用在受信人的名或字號，不可用在受信人的稱呼或職位，也不可用在啓封詞；乙、只用在依「姓、稱呼（職位的）、名」之順序的組合，若用先生、女士、小姐等一般的稱呼，則應依第一式所示，而不適用側書。像：「黃先生明德　大啓」、「黃明德　先生　大啓」、「黃明德先生　大啓」、「黃經理明德　大啓」、「黃明德經理　大啟」、「黃明德經理　大啟」等，都是錯誤的。

至於框內欄最後的啓封詞，這是對受信人說的，通常有兩個字，下一字是「啓」，上一字則變化很多，必須根據發、受信人的關係而定。玆將常用的啓封詞列舉於左，並註明其用法：

福啓：對血統、親戚的祖父輩用。
安啟：對血統、親戚的父親輩用。
道啓：對有道德學問的師長輩用。
鈞啓：對直接、有地位的長官用。
賜啓：對普通的長輩用。
勛啓：對有功勛的平輩用。
文啓：對執文教業的平輩用。
台啓：對普通的平輩用。
大啓：對任何平輩都可用。
禮啓：對居喪的人用。
素啓：對居喪的人用。
親啓：不管長、平、晚輩，要受信人親自拆閱用。
收啓：對晚輩用。

(3)框左欄　發信人的地址不可省略，而且字體務必詳明清晰，便利受信人回信或郵差投遞不到時可以退件。從前的規矩，對長輩寫信，發信人地址第一個字的高度不能超過信封二分之一的部位。現在使用郵局公布的標準信封規格書寫，發信人地址只要寫成一行，但字數較多，亦可分成兩行書寫，第一行是「市縣」、「鄉鎮市區」，第二行是「路、段、巷、弄、號、樓層」，再加上發信人的姓名，通常除了掛號信之外，都只寫個姓。在發信人的姓名之下，要有緘封詞，這是給受信人看的，受信人是長輩要用「謹緘」，是平輩或晚輩可一律用「緘」。郵遞區號書於發信人地址下方。

㈡西式信封　西式信封的寫法，本是橫封橫寫的。傳入我國後，有人用橫封橫寫，也有人用橫封直寫，但封文結構與直式信封封文並無差異。

1. 橫封橫寫式

⑴受信人的地址寫在橫封的中央，自左向右。

⑵受信人的姓名、稱呼、啓封詞，寫在地址的下面一行。

⑶受信人的郵遞區號橫寫於受信人地址的上面一行。

⑷發信人的郵遞區號、地址、姓名橫寫於左上角部位，或信封的背面。

⑸郵票貼在右上角。

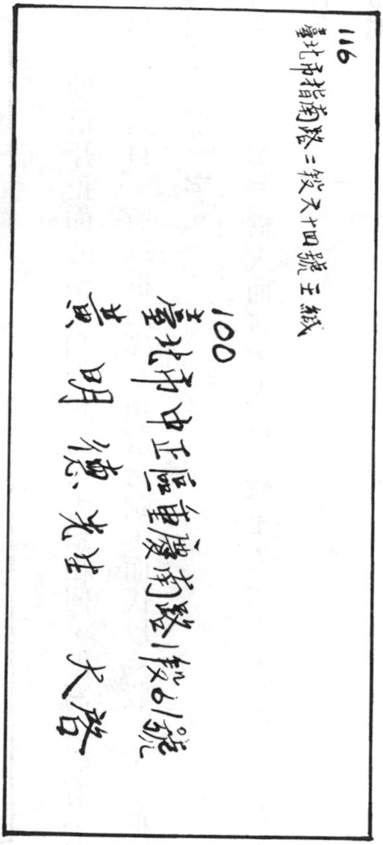

2.橫封直寫式

(1)受信人的姓名、稱呼和啓封詞寫在信封的中央，但啓封詞可寫可不寫。

(2)受信人的地址寫在受信人姓名的右邊，但不可高於受信人姓名的第一字，以示敬意，郵遞區號橫寫在上方。

(3)發信人的地址、姓名、緘封詞寫在受信人姓名的左邊，且應略低於受信人的地址，郵遞區號寫在下方。

(4)郵票貼在右上角。

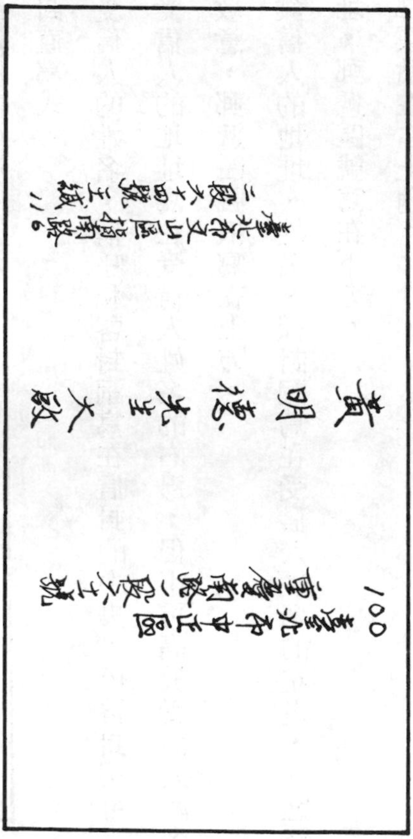

㈢明信片　明信片正面的結構和中式信封大致相同，但寫法略有不同，說明如左：

1. 明信片不封口，所以框內欄不用啟封詞，而代以「收」字；框左欄不用緘封詞，而代以「寄」字。

2. 寄明信片，對受信人而言，顯得不愼重，所以不宜寄給長輩，或當作正式的函件。

二、託帶封

㈠結構　託人帶交的信，信封封文的結構、寫法與郵寄封並不相同，一封完整的託帶封，它的封文結構可有：

1. 框右欄　包括附件語、託帶語。因爲帶信人通常都是熟人，知道受信人的地址，所以不必書寫；如果帶信人不知道受信人的地址，就要寫明白。

2. 框內欄　包括受信人的姓名、稱呼和收件詞。

3. 框左欄　包括發信人自署、拜託詞和發信時間。

茲舉實例如左：

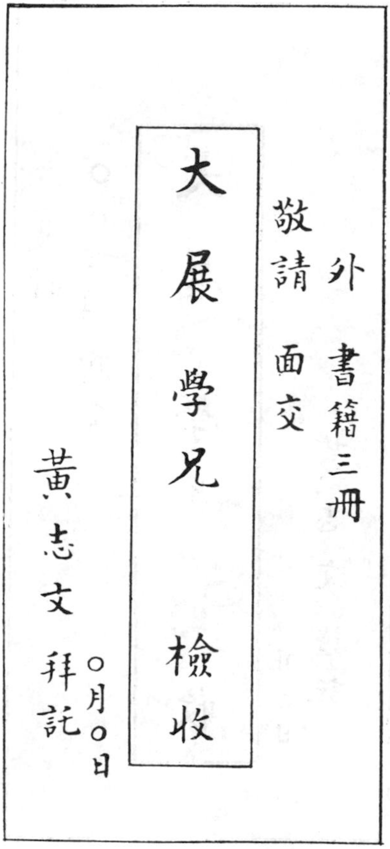

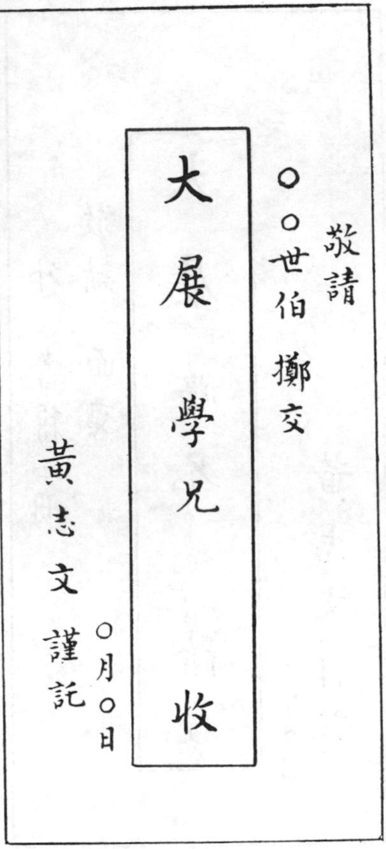

㈡寫法

1.附件語　寫明箋文以外附寄的物件，是對受信人說的，讓他一看到信封，就知道另有附件，如「外書籍三冊」。如無附件，則此項可免。

2.託帶語　這是對帶信人表示拜託之意的詞句。依發、帶、受信人的不同關係，其用語有所不同：

⑴發、帶、受信人都是平輩，可用「敬請　面交」；

⑵發、帶信人是平輩，受信人是長輩，可用「敬請　面陳」；

(3)發、帶信人是平輩，受信人是晚輩，可用「敬請　擲交」；

(4)發信人是晚輩，帶、受信人是長輩，可用「敬請○○世伯　袖交」；

(5)發信人是長輩，帶、受信人是平輩，可用「面交」；

(6)發、受信人是平輩，帶信人是晚輩，可用「面陳」；

(7)帶信人是長輩，發、受信人是平輩，可用「敬請○○世伯　擲交」。

3. 受信人名字、稱呼　郵寄封受信人的姓名和稱呼，是發信人對郵差說的；託人帶交封上受信人的名字和稱呼是發信人對帶信人說的。因爲是發信人對帶信人說的，帶信人是熟人，所以寫受信人的名字、稱呼時，要表現出發信人和受信人的私人關係，通常都不寫受信人的姓。如果帶信人是長輩，就寫受信人的名；帶信人是平輩或晚輩，就寫受信人的字或號。名或字、號下面便是稱呼。受信人如果是發信人的祖父母或父母，那就連名、字、號都不能寫，只能寫「家祖父」、「家祖母」、「家嚴」、「家慈」，再加上「大人」二字。

4. 收件詞　託帶封通常不封口，所以不能用啓封詞，只能用收件詞。如果有附件，則收件詞用「檢收」、「查收」；沒有附件，那麼對長輩用「賜收」，平輩用

「台收」，晚輩用「收」。

5.發信人自署　這是對帶信人說的。可依二者關係，或姓名全署，或僅署名，前者比較客氣，後者表示親密。

6.拜託詞　這是對帶信人說的。帶信人是長輩，則用「敬託」；是平輩則用「拜託」；是晚輩則用「託」。

7.發信時間　在拜託詞右方或右下方，字體略小，寫月日卽可。

第四節　信箋箋文的結構

書信中的箋文，根據它的結構順序，可以分爲三段十三個項目，表列如左：

箋文的結構

- 前段
  - 一、稱謂
  - 二、提稱語
  - 三、開頭應酬語
  - 四、啓事敬詞
- 中段
  - 五、正文
- 後段
  - 六、結尾應酬語
  - 七、結尾敬語
  - 八、自稱、署名、末啓詞
  - 九、寫信時間
  - 十、並候語
  - 十一、附件語
  - 十二、附候語
  - 十三、補述語

以上三段十三個項目，並非每封箋文都要具備齊全，往往可依人、事的不同情況而加以斟酌省略。茲舉一實例，再作說明：

明德吾兄大鑒：久疏箋候，時深馳系。敬啓者，月之十二日，弟有鹿港之行，盤桓二日，得友人鹿港文教基金會施君爲導，遍覽其文物古蹟，體味其民情風俗，並聆賞其南管樂團雅正齋之演奏，洋場積垢，為之滌蕩，誠快事也。臨別又承贈特產牛舌餅、鳳眼糕各兩盒，香甜甘美，誠絕佳之茗點也。欣賞之餘，不敢獨享，茲謹分其半，奉吾　兄以同領其風味，敬祈　哂納。專此奉達，敬請

大安

弟王中強頓首〇月〇日

嫂夫人乞代致意　　內子附筆候安

牛舌餅、鳳眼糕各一盒，另郵寄。

再者：育英兄日內北上，屆時盼一聚。又啓。

依上例，其項目依次為：

一、稱謂　「明德吾兄」屬之。這是對受信人的稱呼，在信箋第一行最高位置書寫。箋文中的稱謂可以包括名（字、號）、公職位、私關係、尊詞四者，如「〇〇校長吾師大人」：「〇〇」是名（字、號），「校長」是公職位，「吾師」是私關係，「大人」是尊詞。這四者可依據實際狀況，斟酌組合，並非每一稱謂都要四者全備。而且受信人的名，除對晚輩外，如果受信人有字或號，則可改寫字號而不寫名，以示敬意。有時還可以在受信人的字號中選一個字，底下加一個「公」或「翁」、「老」，成為「〇公（翁、老）」。至於以前慣用的「大人」這個尊詞，現在除了對父母親以上的直系尊親

屬及近親長輩寫信還用外，對其他人寫信就很少用了。

二、提稱語　「大鑒」屬之。這是請求受信人察閱箋文的意思，緊接稱謂書寫，下加冒號「：」。依書信發受雙方的不同關係，提稱語各有不同，但現行書信，通常不太使用提稱語。

三、開頭應酬語　「久疏箋候，時深馳系」屬之。這是述說正事之前的客套話，有如朋友見面時的寒暄。舊式書信在提稱語下同行書寫，現行書信可在次行書寫，低二格，另起一段。此一項最好配合正文或雙方交往狀況，簡單貼切地說，避免套用陳腔濫句；有時開門見山，直接說出正事，不用開頭應酬語也可以。

四、啓事敬詞　「敬啓者」屬之。這是述說正事前的發語詞，現行書信多已不用。

五、正文　從「月之十二日」到「奉吾　兄以同領其風味」屬之。這是箋文的主體，並沒有一定的法式，只須語氣誠懇、條理清楚卽可。舊式書信緊接啓事敬詞書寫，現行書信若不用啓事敬詞，可另行低二格書寫。

六、結尾應酬語　「敬祈　哂納」屬之。也以配合正文或雙方交情爲原則，有時也可以不用。

七、結尾敬語　「專此奉達，敬請　大安」屬之。這是箋文結束時向受信人表示禮貌的意思。其中「專此奉達」叫敬語，現行書信此一部分往往省略，或僅用前二字；「敬請　大安」叫問候語，問候語中的「〇安」須另行頂格書寫。

八、自稱、署名、末啓詞　「弟王中強頓首」屬之。寫在問候語「〇安」同一行下面，但現在也常往後挪一行書寫，其高度以不超過信箋直行的二分之一爲原則。其中自稱依相互關係而定，側右略小書寫以表示謙遜。署名絕不可用字、號替代，關係親近者不必寫姓，若在守祖父母或父母之喪時，則姓下名上側書一「制」字。

九、寫信時間　「〇月〇日」屬之。可在末啓詞右下、左下，也可以在其正下方成兩行書寫。

十、並候語　「嫂夫人乞代致意」屬之。這是請受信人代向他人問候的意思，其書寫位置在問候語的次行；如被問候者爲受信人的平輩或晚輩，則字行頂端應比「〇安」稍低，若爲長輩，則與「〇安」齊平。正式的信，以不附並候語爲宜。

十一、附件語　「牛舌餅、鳳眼糕各一盒，另郵寄」屬之。其位置在並候語次一行，略低書寫，如無並候語，則在問候語次一行，略低書寫。此項依附件有無而定，無附件則此項可免。

十二、附候語 「內子附筆候安」屬之。這是發信人的家人或朋友附筆向受信人致問候之意。其位置在署名的左側，高度依附候人輩分而定，如附候人爲發信人長輩，則附候語在署名左側略高處書寫，餘可類推。正式的信以不附附候語爲宜。

十三、補述語 從「再者」到「又啓」屬之。這是補充箋文的遺漏。正式的信，以不附補述語爲宜。

第五節　書信的作法與格式

一、書信的作法

書信，可說是一種書面的談話。一封好的書信，要能夠讓對方讀起來，如同親自聽到你談話一樣的眞切、懇摯。但怎樣才能寫出這樣的信來呢？可分爲四點來加以說明：

㈠措辭要得體　書信的種類繁多，寫法各有不同，但無論寫任何一種書信，都要先認淸自己與對方之間，行輩的尊卑，關係的親疏，確定適當的立場，在用語措辭方面作最妥善的安排。例如給長輩的信，要莊敬謙遜；給平輩的信，要謙沖平實；給晚輩的信，要和藹可親。受信人的輩分、地位越高，彼此關係越生疏，或有求於人，則格式、行款越要講究，禮貌越要周到。至於家書，則文字要樸實，語氣要誠懇，所謂「至親不文」，千萬避免浮詞習套。

㈡敍事要有序　敍述事情要層次分明，秩然有序，不可先後顚倒，雜亂無章。爲了做到這點，最好事先決定所要寫的內容，並且把次序排列妥當，然後按照次序去寫。

㈢行文要簡明　簡潔而明白，是一般文章的基本條件，寫信更要力求簡潔、明白。如果文字過於冗長，難免使人厭煩，因而影響這封信的效果。但是只求簡潔，難免流於晦澀不明暢，或疏漏不完備，因而不能達成這封信的任務，所以寫信不能不明白。爲了行文簡潔，必須極力避免重複、累贅、蕪雜和拖泥帶水等毛病；爲了達到明白，每句話都要說淸楚，並避免意義含糊、隱晦、模稜兩可和深奧的詞句。

㈣格式要合時尙　應用文必須依照格式來寫，才能通行，但格式並非一成不變的，隨著時代的演進，文言書信的格式也有所革新，例如從前書信中的各種敬語、應酬語，現在都成爲可有可無的部分，非必要時，大多不寫了。我們寫信，應當採用時尙的格式，以免被人譏爲迂腐。

二、書信的款式

書信的行款格式是否恰當，不但與禮貌攸關，也表現出寫信人的學養；上文講書信的結構，對於個別項目的行款格式已有簡要說明，玆再就其整體，敍述書信行款格式應注意的事項：

㈠信封以中間有長方紅框的中式信封為最正式。如用西式信封寫信給長輩，可將原來的橫封豎直，依中式信封格式直寫；給平輩或晚輩，亦可依原來的橫封依中式信封格式直寫。如為弔喪的信，信封宜用素色，或將信封中間長方紅框塗成藍或黑色，也可用純白西式信封，採直封直寫的款式。

㈡信紙以白底紅線的八行紙最正式，十行或十二行亦可。居喪或弔唁要用全白信紙，忌用有紅線的；居喪者如在信箋上蓋印，其顏色應爲藍色。

㈢若受信人在兩人以上，則其稱謂依上尊、下卑，或中大、右次、左末的原則排列；受信人都是平輩，則提稱語可用「均鑒」，其中有一人爲長輩，則用長輩的提稱語，如「賜鑒」。

㈣箋文中的「擡頭」是表示尊敬。其使用時機有二：①涉及受信人的字眼，如「吾　兄」、「尊府」；②提到自己的尊親屬，如「　家伯」、「　家嚴」。其具體作法爲將須擡頭的字低一格在原行書寫，或另行書寫。其格式有三擡、雙擡、單擡、平擡、挪擡五種，最通用的是平擡、挪擡。平擡是將擡頭的字另行頂格書寫，挪擡是將擡頭的字低一格在原行書寫。

㈤由於平、單、雙、三擡，使得原行沒有寫到底，謂之「吊腳」，這種現象雖不能避免，但一封箋文必須有幾行寫到底，不可全箋吊腳，致予人以虛浮的印象。

㈥將字側在行右略小書寫謂之「側書」。側書可用以代擡頭，表示敬意，如信封中欄將受信人的名或字、號側書卽是；也可用以表示謙遜、不敢居正的意思，箋文中凡自稱或稱與自己有關的事物、卑親屬，都要側書，如「弟有鹿港之行」、「男大展」。凡屬側書，最好不在一行的開頭出現。

㈦箋文中應避免一行僅有一個字、一張信紙僅有一行文字的情形；凡遇人名或其字、號，應在同行書寫，不宜分寫在兩行裏。

㈧書信繕寫以使用毛筆爲正式，鋼筆次之，原子筆又次之，其他筆不能用。墨色以黑或藍爲宜，紅色表示絕交，不可亂用。字體宜端正，以楷書爲正式，行書次之，不宜使用草書。字的大小，視對方年歲及箋文長短而定，對方年歲大或箋文較短，字應較大，反之則可較小。

㈨信紙摺疊可先直立對摺，使箋文在外，而後從下方向後向上摺一小方。裝入信封時，使受信人的稱謂緊貼信封正面。

第六節　書信的用語

一、稱謂

㈠家族

稱人	自稱	對他人稱	對他人自稱
祖父 祖母	孫 孫女	令祖 令祖母	家祖父 家祖母（或家大父 家大母）
伯（叔）祖父 伯（叔）祖母	姪孫 姪孫女	令伯（叔）祖 令伯（叔）祖母	家伯（叔）祖 家伯（叔）祖母

父親 母親	男（或兒）女	令尊（或尊公或尊翁）令堂（或尊堂或尊萱）	家父（或君或尊或大人或嚴）家母（或慈）
君舅（或父親）君姑（或母親）	媳（或兒）	令舅 令姑	家舅 家姑
伯（叔）翁（或伯（叔）父）伯（叔）姑（或伯（叔）母）	姪媳	令伯（叔）翁 令伯（叔）姑	家伯（叔）翁 家伯（叔）姑
兄（或某哥）嫂（或某姊）	弟妹	令兄 令嫂	家兄 家嫂
弟（或某弟）弟婦（或某妹）	兄姊	令弟 令弟婦	舍弟 舍弟婦
姊 妹	弟（妹）兄（姊）	令姊 令妹	家姊 舍妹
吾夫（或某哥）某某（單稱名或字）	妻（或妹）某某	尊夫 某先生 令夫君	外子（或某某）
吾妻（或某妹）某某（單稱名或字）	夫（或某某）	尊夫人（或尊閫）嫂夫人	內子 內人
吾兒 吾女（或幾兒或某兒或幾女或某女）	父 母	令郎（或公子）令嬡	小兒 小女

賢媳（或某某或某兒女）	父母	令媳	小媳
幾姪（或賢姪姪女） 姪女（或姪姪女）	伯（叔） 伯母（叔母）	令姪 姪女	舍姪 姪女
幾孫孫女（或某孫孫女）	祖祖母	令孫孫女	小孫孫女
姪孫孫女	伯（叔）祖祖母	令姪孫孫女	舍姪孫孫女

【說明】

一、凡尊輩已歿，「家」字應改爲「先」字。自稱已歿之祖父母，爲「先祖父母」或「先祖考」、「先祖妣」。稱已歿父母，父爲「先父」、「先君」、「先嚴」、「先考」；母爲「先母」、「先慈」、「先妣」。

二、稱人父子爲「賢喬梓」，對人自稱爲「愚父子」。稱人兄弟爲「賢昆仲」、「賢昆玉」，對人自稱爲「愚兄弟」。稱人夫婦爲「賢伉儷」，對人自稱爲「愚夫婦」。

三、對家族幼輩稱呼，「賢」字大可不用，卽媳婦亦可不用。

四、舅姑對媳婦，本多自稱愚舅、愚姑，因與舅父或姑母之稱有時相混，故用一「愚」字，其實可自稱父母，或逕寫字號爲宜。

(二)親戚

稱人	自稱	對他人稱	對他人自稱
外祖父母	外孫、外孫女	令外祖父、令外祖母	家外祖父、家外祖母
姑丈、姑母	姪、姪女	令姑丈、令姑母	家姑丈、家姑母
舅父、舅母	甥、甥女	令母舅、令舅母	家母舅、家舅母
姨父、姨母	姨甥、姨甥女	令姨丈、令姨母	家姨丈、家姨母
表伯(叔)父、表伯(叔)母	表姪、表姪女	令表伯(叔)、令表伯(叔)母	家表伯(叔)、家表伯(叔)母
表舅父、表舅母	表甥、表甥女	令表母舅、令表舅母	家表母舅、家表舅母

岳父母	子婿	令岳岳母	家岳岳母
伯（叔）岳父母	姪婿	令伯（叔）岳岳母	家伯（叔）岳岳母
姻伯（或叔）父母	姻姪姪女	令親	舍親
姊丈（或姊倩）	內姨弟妹（或弟妹）	令姊丈	家姊丈
妹丈（或妹倩）	內姨兄姊（或兄姊）	令妹丈	舍妹丈
表兄嫂	表弟妹	令表兄嫂	家表兄嫂
內兄弟（或兄弟）	妹姊婿	令內兄弟	敝內兄弟
襟兄弟	襟弟兄	令襟兄弟	敝襟兄弟
姻兄嫂	姻弟侍生（或姻愚妹）	令親	舍親

賢內姪姪女	姑丈母	令內姪姪女	舍內姪姪女
賢婿	愚岳岳母	令婿（或令坦倩）	小婿
賢表姪姪女	愚表伯（叔）伯（叔）母	令表姪姪女	舍表姪姪女
賢姻姪姪女	愚	令親	舍親
賢甥甥女	愚舅舅母	令甥甥女	舍甥甥女
賢外孫孫女	外祖祖母	令外孫孫女	舍外孫孫女

【說明】

一、兄姊長輩，對人自稱時上加「家」字，弟妹晚輩，則用「舍」字。

二、親戚中「姻伯、叔、丈」，乃指姻長中無一定稱呼者。如姊妹之舅及其兄弟，兄弟之岳父及其兄弟，用此稱謂最具彈性。

三、平輩者皆依表列定稱。

四、幼輩稱呼「賢姻姪」三字，只能用於極親近者；普通親戚雖屬晚輩，亦以「姻兄」相稱，而自稱「姻弟」或「姻末」。

㈢世交

稱人	自稱	對他人稱	對他人自稱
太夫子（老師）、太師母	門下晚生		
夫子（或老師或吾師）、師母、師丈	生（或受業或學生）	令業師、令師丈	敝業師、敝師丈
大世伯（叔）父、大世伯（叔）母	世再姪、世再姪女		
世伯（叔）父、世伯（叔）母	世姪、世姪女		
仁（或世）丈	晚		
世兄、學長（或兄、姊）	世弟、學妹（或弟、妹）	貴同學、令友	敝同學、敝友
仁兄、仁姊（或兄、姊）	弟、妹	貴同事	敝同事

同學（或學弟／學妹）	小兄／愚姊（或友生某）	令高足	敝門人、學生
世講（或世臺／世兄）	愚		

【說明】

一、「夫子」二字，常爲妻對夫之稱；女學生以稱「老師」、「吾師」或「業師」爲宜。對老師之妻稱「師母」，女老師之夫稱「師丈」。

二、世交中伯叔字樣，視對方與自己父親年齡而定。較長者稱「伯」，較幼者稱「叔」。

三、世交而兼有戚誼者，按尊長年齡比較，稱「太姻世伯（叔）」、「姻世伯（叔）」。

四、確有世誼關係，年長於己，而行輩不易確定者，稱爲「仁丈」或「世丈」亦可。

五、世交平輩中，如係交誼深厚者，可稱「吾兄」、「我兄」。

六、對世交晚輩稱「世兄」。

除右列三表外，尚有其他關係之稱謂，如部屬對長官，通常稱「鈞長」，或稱職銜如「某公部長」；自稱「職」。如對舊時長官，則自稱「舊屬」。稱他人長官，則在職銜上加「貴」字，如貴部長。

二、提稱語

對象	語彙
祖父母及父母	膝下、膝前。
長輩	尊前、尊鑒、賜鑒、鈞鑒、崇鑒、尊右、侍右。
師長	函丈、壇席、講座、尊前、尊鑒。
平輩	台鑒、大鑒、惠鑒、左右、足下。
同學	硯右、硯席、文几、文席（上欄台鑒等語亦可通用）。
晚輩	青鑒、青覽、如晤、如握、如面、收覽、知悉、知之。
政界	勛鑒、鈞鑒、鈞座、台座、台鑒。
軍界	麾下、鈞鑒、鈞座。
教育界	講座、座右、有道、著席、撰席。
婦女	妝次、繡次、芳鑒、淑鑒、懿鑒（高年者用）。
弔唁	苫次、禮席、禮鑒。
哀啓	矜鑒。

【說明】

一、對直屬長官，可參酌尊長及軍政等欄，通常用「鈞鑒」、「賜鑒」。

二、對晚輩欄，凡用「鑒」均客氣成分較多，「覽」次之。「如晤」至「如面」，用於晚輩較親近者，「收覽」以下，大都用於自己的卑親屬。

三、喜慶無一定之提稱語，可按關係依表列酌用。結婚可用「喜席」、「燕鑒」。

四、對平輩數人，用「均鑒」，對晚輩數人，用「共閱」、「共覽」，對長輩數人，用「賜鑒」。對夫妻兩人，用「儷鑒」。對宗教界用「法鑒」。對文化事業或傳播界用「撰席」、「文席」、「著席」。

三、開頭應酬語

種類	對象	語彙
問	祖父母及父母	▲仰望○慈暉，孺慕彌切。▲翹首○慈顏，倍切依依。 ▲叩別○慈顏，倏經半月，敬維○福躬康泰，德履綏和，爲頌爲祝。
	尊長	▲山川遙阻，稟候多疏，恭維○福躬安吉，德履綏和，定符下頌。 ▲拜別○尊顏，轉瞬二月，敬維○福與日增，精神矍鑠，爲祝爲頌。

候	師長	▲遙望○門牆，時深馳慕。▲路隔山川，神馳○絳帳。▲不坐○春風，倏已數月，敬維○道履綏和，講壇隆盛，爲無量頌。
	平輩	▲每念○故人，輒深神往。▲相思之切，與日俱增。▲自違○雅教，於玆數月，比維○起居佳勝，諸事順遂，爲幸爲祝。
	軍政界	▲久疏箋候，時切馳思，敬維○政躬清健，勛猷卓越，定符所頌。
	學界	▲久違○雅範，思念爲勞，比維○動定綏和，著述豐宏，以欣以慰。
	商界	▲久疏音問，企念良殷，辰維○鴻圖大展，駿業日隆，至以爲頌。
未晤思慕	尊長	▲久仰○斗山，時深景慕。▲夙仰○德範，輒深神往。
	平輩	▲景仰已久，趨謁無從。▲久慕○高風，未親○雅範。
復信思慕	尊長	▲方殷思慕，忽奉○頒函。▲仰企正切，忽蒙○賜函。
	平輩	▲馳念正殷，忽奉○大札。▲正欲修函致候，○華翰忽至。
寄信語	尊長	▲前上蕪緘，諒蒙○垂察。▲前覆寸箋，計呈○鈞鑒。
	平輩	▲昨上一箋，諒邀○惠察。▲日前郵寄蕪函，諒已早邀○惠察。
	晚輩	▲昨寄一函，諒已收覽。▲前覆手函，想早收閱。

接信語	尊長	▲頃奉○手諭，敬悉種切。▲頃承○鈞誨，拜悉一切。
	平輩	▲辱承○惠示，敬悉一切。▲昨展○華函，就諳一一。
	晚輩	▲昨接來函，已悉一切。▲昨接來信，足慰懸念。

【說明】

一、凡有○號的，表示要擡頭。

二、表中所列，僅供參考而已，因爲此類詞句，沿用甚久，已成習套，上乘的書信，自當別鑄新詞，不宜襲用。

四、啓事敬詞

用途	語彙
用於祖父母及父母	敬稟者・謹稟者・叩稟者
用於長輩及長官	茲肅者・敬肅者・謹肅者・敬啓者・謹啓者（覆信：謹覆者・敬覆者・肅覆者）
用於通常之信	敬啓者・謹啓者・啓者・茲啓者・逕啓者（覆信：茲覆者・敬覆者・逕覆者）
用於請求之信	茲懇者・敬懇者・茲託者・敬託者・茲有懇者・茲有託者
用於祝賀	敬肅者・謹肅者・茲肅者

用於訃信	哀啓者・泣啓者
用於補述	又・再・再啓者・再陳者・又啓者・又陳者

五、結尾應酬語

種類	對象	語彙
臨書語	長輩	▲謹肅寸稟，不勝依依。 ▲肅此奉稟，不盡縷縷。
	平輩	▲臨潁神馳，不盡欲言。 ▲紙短情長，不盡所懷。
請教語	長輩	▲如蒙○鴻訓，幸何如之。 ▲敬祈○指示，俾有遵循。
	平輩	▲祈賜○教言，以匡不逮。 ▲幸賜○南針，俾覺迷路。
請託語	推薦	▲倘蒙○玉成，永鐫不忘。 ▲如承○噓植，無任銘感。
	關照	▲倘荷○照拂，永感○厚誼。 ▲如蒙○關垂，感同身受。
	借貸	▲如蒙○俯諾，實濟燃眉。 ▲倘承○通融，永銘肺腑。
求恕語	通用	▲不情之請，幸祈○見諒。 ▲區區下情，統祈○垂察。
歉遜語	通用	▲省度五中，倍增歉仄。 ▲每一念及，倍覺汗顏。

侍愛語	通用	▲辱在夙好，用敢直陳。 ▲侍愛妄瀆，尚乞○曲諒。
餽贈語	贈物	▲謹具薄儀，聊申微意。 ▲土產數包，聊申敬意。
	祝壽	▲謹具微儀，略表祝悃。 ▲敬具非儀，用祝○鶴齡。
	賀婚	▲附上微儀，用佐巹筵。 ▲薄具非儀，用申賀悃。
	送嫁	▲謹具薄儀，用申匳敬。 ▲附上微儀，藉申匳敬。
	喪禮	▲敬具奠儀，藉申哀悃。 ▲謹具奠儀，藉作楮敬。
請收語	通用	▲伏祈○笑納。 ▲乞賜○檢收。 ▲至祈○台收。 ▲敬請○哂納。
盼禱語	通用	▲至爲盼禱。 ▲無任禱盼。 ▲不勝企禱。 ▲是所企幸。
求允語	通用	▲乞賜○金諾。 ▲倘荷○俞允。 ▲至祈○慨諾。 ▲務祈○慨允。
感謝語	通用	▲寸衷感激，沒齒不忘。 ▲銘感肺腑，永矢不忘。 ▲感荷○隆情，非言可喻。 ▲腑篆心銘，感荷無已。
保重語	長輩	▲寒暖不一，至祈○珍重。 ▲乍暖猶寒，尚乞○珍攝。 ▲秋風多厲，幸祈○保重。 ▲寒風凜冽，伏祈○珍衞。
	平輩	▲春寒料峭，尚乞○珍重。 ▲暑氣逼人，諸祈○珍攝。 ▲秋風多厲，○珍重爲佳。 ▲寒氣襲人，諸希○珍衞。

	居喪者	▲伏祈○節哀順變。 ▲至祈○勉節哀思。
干聽語	通用	▲冒瀆○清聽，不勝惶恐。 ▲冒昧上陳，實非得已。
候覆語	長輩	▲如遇鴻便，乞賜○鈞覆。 ▲乞賜○覆示，不勝感禱。
	平輩	▲佇盼○好音，幸即○裁答。 ▲幸賜○佳音，不勝感禱。 ▲雁魚多便，幸賜○覆音。 ▲敬請○撥冗賜覆，不勝企盼。

六結尾敬語

(一)敬語

種類	對象	語彙
申悃語	尊長	▲肅此敬達 ▲敬此 ▲謹此
	平輩	▲耑此奉達 ▲匆此布臆 ▲耑此
	申賀用	▲肅表賀忱 ▲用申賀悃 ▲藉申賀意
	弔唁用	▲肅此上慰 ▲藉申哀悃 ▲藉表哀忱
	申謝用	▲肅誌謝忱 ▲肅此鳴謝 ▲用展謝忱

請鑒語	
申覆用	▲耑肅敬覆 ▲耑此奉覆 ▲匆此布覆
尊長	▲伏乞○鑒察 ▲乞賜○垂察 ▲伏祈○垂鑒
平輩	▲諸維○惠察 ▲敬祈○亮察 ▲並祈○垂照

(二)問候語

對象	語彙
祖父母及父母	敬請○福安 敬請○金安
親友長輩	恭請○崇安 敬頌○福祉
師長	敬請○道安 恭請○誨安
親友平輩	即請○大安 敬請○台安 順頌○台祺 並頌○時綏
親友晚輩	順問○近祺 即頌○近佳
政界	恭請○鈞安 敬請○勛安
軍界	恭請○麾安 敬請○戎安

學界	即頌○文祺　順請○撰安
商界	敬請○籌安　順候○財安
旅客	敬請○旅安　順請○客安
家居者	敬請○潭安　即頌○潭祉
婦女	敬請○妝安　即請○壼安
夫婦同居者	敬請○儷安　順請○雙安
賀結婚	恭賀○燕喜　恭賀○大喜
賀新年	敬頌○新禧　敬頌○年釐
弔唁	敬請○禮安　並頌○素履
問病	恭請○痊安　順祝○早痊
按時令	敬請○春安　此頌○暑綏　即請○秋安　敬頌○冬綏

七、末啓詞

對象	語彙
祖父母、父母	敬稟・叩稟・謹叩・叩上

尊長	謹上・敬上・拜上・謹肅
平輩	敬啓・謹啓・拜啓・頓首
晚輩	手書・手示・手諭・字

八、並候語

問候長輩	▲令尊（或堂）大人前，乞代叱名請安。▲某伯前祈代請安，不另。▲某伯處煩叱名道候。▲某姻伯前乞代叩安，恕不另箋。
問候平輩	▲某兄處祈代致候。▲令兄處乞代候。▲某兄處煩代道候。▲某姊前乞代道念。▲某弟處希爲道念。▲某弟處煩爲致候，不另。▲嫂夫人均此。
問候晚輩	▲順問○令郎佳吉。▲並候○令媛等近好。▲順問○令姪等均佳。

九、附候語

代長輩附問	▲家嚴囑筆問候。▲某某姻伯囑筆問候。▲家母囑筆致候。
代平輩附問	▲某兄囑筆問好。▲某妹附筆致候。▲家姊囑筆請安。
代晚輩附問	▲小兒侍叩。▲兒輩侍叩。▲小孫隨叩。▲小女侍叩。

第七節　書信範例

一、家書類

(一)子稟父（報告學校生活）

父親大人膝下敬稟者：離家返校，轉眼閱三月，昨接　手諭，得知家中近況，稍解孺慕之渴，弟妹課業進步，尤令人喜。男在學校，起居作息，均有定時，尊敬師長，友愛同學，專心課業，一遵

大人平日之教誨，不敢稍有怠忽逾越，兢兢自勉，以期學有所成，庶不負

大人之殷望，又可為將來立足社會奠下基礎。上次月考成績已經公布，男各科均有進步，然絕不敢自滿，深盼以更努力之勤讀，可在期末考試得到更好之成績，作為寒假返鄉時呈奉

大人之獻禮。肅此，敬請

金安

男大展叩上　○月○日

(二)覆信

展兒知之：昨接來信，知汝能努力向學，日有進步，甚慰。唯是所謂「更努力勤讀」云者，當係指課內書本之研讀，此固不差。然欲立足社會、出人頭地，則僅憑課本知識，恐猶有未逮，故應於課餘之暇，擇取有助於品德陶冶，或可作爲課本深究之資者，廣爲涉獵，萬勿以考試成績爲衡量成就之唯一標準，若今之學子然。至於實行之要，總以有恆爲主，切忌一暴而十寒，則日積月累，庶可有成也。此諭。

父字　○月○日

二、問候類

(一)問候同學

文信學兄台鑒：自違

雅教，於茲數月，至為想念。弟本學年已轉學本地○○職業學校，實因　家慈年邁，不敢再事遠遊，俾可晨昏定省。惟與　兄兩載同學，一朝分手，未免悵然，且吾

兄品學兼優，時蒙　指導，獲益良多。今後仍祈

賜予教言，俾有遵循，是所至幸。專此奉候，敬請

台安

弟○○謹啟　○月○日

㈡覆信

○○學兄大鑒：忽奉　華翰，敬悉一切。自假前握別，忽忽若有所失，正期暑假結束，仍將聚首一堂，互相研究課業，詎料吾兄轉學某校。晨昏定省，孝思可嘉。惟　兄之於我，友而兼師，一旦分離，殊感悵然。臨穎神馳，不盡欲言。耑此奉覆，並請

大安

弟文信謹上　○月○日

三、請託類

㈠請求世交長輩安排工讀

明德世伯尊鑒：

很久沒有聆聽　您的教誨，非常想念。想必　福體安泰，事業興隆，這是小姪衷心的祝禱。

寒假即將到來，小姪迫切想在假期中找到一分臨時工作，一方面印證書本理論，一方面也可以賺取部分學費，減輕　家父的負擔。記得　世伯所經營的商號，往年寒暑假都提供若干工讀名額，給予清寒學生，不知今年是否援例辦理？小姪懇切希望　您的栽培，給予機會，到時一定努力工作，以為報答。肅此，敬請

崇安

世姪王大展敬上　○月○日

(二)覆信

大展世兄：

〇月〇日來信收知。文理書法，皆有進步，可喜可賀。往年敝店在寒暑假均提供工讀名額，以略盡回饋社會的職分，今雖受不景氣影響，名額減少，但仍依往例辦理。貴我兩家世代交好，而你的操守能力在親友中又早有口碑，屆時你直接前來就是，一定保留名額給你的，請放心。即頌

時祺

愚黃明德敬啓　〇月〇日

四、邀約類

(一)邀友人登山

大文：

畢業以後，各奔前程，一直沒機會再聚，想起來可眞叫人難過。雖然書信來往，可互通消息，但總不如當面暢談來得痛快，你說是嗎？

本校第二次月考在下星期舉行，想必　貴校也是。正好前天收到阿勇從士校來的信，說他下星期有榮譽假。我想這大好機會絕不可以輕易放過，所以計畫去爬一次仙公廟，沿著石階走，既可敍舊，又可欣賞沿途風光，不知意下如何？

如果同意，請於下星期日上午九時，到政治大學正門口會齊。最好攜帶相機前來。祝

快樂

弟 大展 〇月〇日

(二)覆信

阿展：

巧得很，正想邀你找個時間聚聚，你的信就來了。

下星期日我會帶著相機準時到達政大正門。不過，我建議按原訂行程再延長一點，我們可以從指南樂園右後方的登山口，攀登猴山岳。上個月 家兄曾帶我走過一次，那眞是一段勁道十足的山路，林木蓊鬱，路登迂迴，有時還得抓樹根、攀石縫，手腳並用，那才眞叫爬山哪！如果你們同意，先沿石階到仙公廟，稍作休息，就去體驗一下那刺激難忘的滋味，如何？祝

好

阿文 〇月〇日

五、借貸類

(一)向友人借書

大文學長：

好久不見，您好嗎？

學校快放寒假了，三週的假期，不知您有什麼安排？我準備在假期中好好加強自己的國文能力，讀一些名家散文。記得您有一部「中國近代名家散文選析」，不知可否借我一讀。如果蒙您允許，我會親自到府上拿回。借來的書，我一定好好珍惜，絕不致於汙損，並且下學期註冊前一定歸還，請放心。祝

學安

弟 大展拜啓　○月○日

㈡覆信

大展學兄：

您我九年同窗，情逾手足，即使汙損了借去的書，難道我會介意，或要您賠償嗎？您也未免太見外了。

除了「中國近代名家散文選析」，我這兒還有小說和新詩的選本，又有「古文觀止」、「唐詩三百首」，您隨時可來挑選。

期考快到了，您都準備好了吧？加油！祝

順利

弟 大文　○月○日

六、慶賀類

㈠賀小學老師榮獲師鐸獎

○○吾師函丈：

離開母校，不覺已經三年。每當想起　您的殷殷教誨，總感到無比的溫馨和振奮，只因負笈他鄉，不能常常回校向　您問安請益，殊感遺憾。

日昨從報紙上得知　您榮獲本年度師鐸獎，學生深感與有榮焉。所謂「實至名歸」、「好人出頭」，多年的辛勤奉獻，終於得到肯定，　您一定也很欣慰吧！

老師的訓誨，種種金玉良言，學生至今還牢記在心，不論讀書做人，都能守規矩、盡本分，希望將來服務社會、貢獻國家，能夠做一個堂堂正正的人，以不辜負　您的教導之恩。敬此，

恭請

誨安

學生王大展敬上　○月○日

(二)覆信

大展學棣：

任教近四十年，但求盡職守分，無愧於心，其他則不敢奢想。此次殊榮，實在出乎意料，來信所說的「實至名歸」，愧不敢當。

其實，學生的成就，才是老師最大的安慰。眼看一羣羣天眞活潑的新生踏進校門，送走一屆屆畢業生，看他們鬬志昂揚、奮發有爲，在社會各階層各行業立足，奉獻所學，那種充實滿足的感覺，眞不知要值幾百幾千座師鐸獎哪！

三年來，學校人事沒多大變動，倒是環境改善不少。東側老舊教室已改建爲三層樓房；運動場經徹底整修，排水設施良好，卽使雨天也無積水之虞；花草樹木，較前倍增。有空不妨約同學回來走走，看看有何觀感。卽祝

進步

愚　○○○手啓　○月○日

七、慰問類

㈠慰友人生病

○○學兄：

連續兩天不見您來上課，早晨在訓導處遇見　令兄，才知道您因感冒引起急性肺炎，正住院療養。

我把這消息帶回班上，大家都很關心。經過熱烈討論，決定由我寫信向您表示慰問，並推派代表，在這個星期六下午去探望您。

感冒的可怕，在於它會引起一些併發症，所以必須儘快就醫。這次，大概是您不肯吃藥的老毛病又犯了，才會那麼折騰。幸好您身體很壯，本錢夠，當不會有大礙。

我也是「慰問團」的成員，星期六下午見。祝

早日康復

弟　大展　○月○日

(二)覆信

大展學長：

謝謝您，謝謝大家。

您說得對，這次住院完全是因爲太小看了感冒的威力，以致於自己受苦，還連累親人，驚動朋友，實在慚愧。好在現代醫藥發達，注射過盤尼西林，燒已全退，只要再休息一兩天就可以到校上課。再次謝謝大家的關心。祝

平安

弟〇〇　〇月〇日

八、自薦類

(一)自薦信

〇〇經理先生：

久仰　貴公司產品精良，業務鼎盛，既執全國業界的牛耳，又遍銷海外，普獲佳評，本人一直以能到　貴公司服務爲最大的心願。

本人畢業於〇〇高商會計科，曾擔任〇〇公司會計一年，後應徵在軍中財勤單位服役，自信在這方面具備相當水準的工作能力。

以　貴公司的規模和營業額，必有隨時增添人手的需要，所以才敢冒昧自薦。至於本人的

能力和熱忱，有〇〇公司的證明函和軍中獎狀可供參考，謹隨函附上，敬請　鑒察。如蒙惠予面談，無任感激。敬頌

籌祺

晚王大展敬上　〇月〇日

(二)覆信

大展先生台鑒：

〇月〇日來函奉悉。以　先生的學歷、經歷，應可勝任會計的工作，本公司也正需要像先生這種人才，但依本公司人事規章，凡新進人員，例須通過考試後方行任用，請於〇月〇日下午二時至四時，逕來本公司人事室洽詢。即頌

時綏

〇〇〇啓　〇月〇日

九、商業類

(一)索貨樣

執事先生台鑒：報載

貴公司新出某某產品一種，品質精良，價格低廉，頗合大衆需要。玆依索贈樣品規定，附上郵票，請

賜樣品一份，如試用合意，當陸續購用，且將盡力代爲介紹。專此，敬請
台安
某某某謹啓　〇月〇日

㈡覆函

某某先生大鑒：接奉
惠函，敬悉一切。所需某貨樣品，另郵寄奉一份，尚乞　查收。試用合意，至盼源源賜顧。大量訂購，當照批發價格計算，以答
盛意。若承　廣爲介紹，尤爲感激。專此布復，順請
大安

某某公司推廣部啓　〇月〇日

【習作題】

一、試撰寫向父母（或親友）稟告近日在校學習情況函（附信封）。
二、全班舉辦郊遊活動，試撰寫邀請導師參加函（附信封）。
三、寫一封信，問候你就讀國中時的一位導師（附信封）。

參　便條與名片

第一節　便條與名片的意義

便條是簡單的字條，也可說是簡化的書信。它可以免去書信繁複的客套語，大多用於訪友未晤、邀約、借款、借物、餽贈、請託、答謝、探病等方面，因爲這些事情，只要三言兩語就可以說明白，實在不必耗費時間精力去作長篇大論。

名片是印有姓名、字號、籍貫、住址、職銜、電話號碼的卡片，通常用來通報姓名、自我介紹。如果是商業界，加印上商標或營業項目，還可多一層宣傳的功用。名片的正面或反面空白處，必要時，書寫幾句簡單扼要的文字，作用與便條同，但比便條更正式、方便。

第二節　便條與名片的結構

一、便條的結構

便條雖然沒有固定的格式，而且不用客套，不必修飾，寫法簡單，但是一張便條起碼也要具備下列四項：

㈠正文　事情的內容。

㈡稱謂、交遞語　稱謂寫在正文的前面或後面都可以，但寫在正文後面時，應先加「此致」、「此上」、「此復」、「此請」等交遞語，意思是說這張便條要給什麼人。通常在對方的名字下要加尊詞，如「兄」、「先生」等。

㈢自稱、署名、末啓詞　自己具名之上，宜加一相對的自謙稱謂，如「弟」、「晚」等字樣。自己具名之下，也可以加上末啓詞，如「上」、「敬上」、「拜上」等詞語。

㈣時間　通常時間都寫在具名之下偏旁。

二、名片的結構

名片可以用來代替便條，它的寫法和便條一樣。但是由於名片上印有本人的姓名，又有正反兩面，所以在書寫的形式上，仍與便條略有不同之處，玆分述如下：

㈠正文　名片上留言，如果文字少，通常寫在正面；文字較多，可寫在背面；背面仍不夠書寫，可轉入正面，從右上方直行向左書寫，越過片主姓名，延至左方結束。

㈡交遞語、稱謂　對方的姓名通常寫在正面的左上方空白處，並先加「留陳」、「面陳」、「專送」等交遞語。如果正文寫在背面，交遞語、稱謂則依照便條的格式書寫；至於名片正面的交遞語、稱謂，具有書信封文的作用，但可寫可不寫。

㈢自稱、表敬詞　名片正面因已印好本人姓名，所以不必再行簽署，只要在姓的右上方寫適當的自稱，但亦可寫於名的首字上右方。名字下可加上「上」、「敬上」、「拜上」、「鞠躬」、「頓首」等表敬詞。如果正文寫在背面，習慣上不再署名，而用「名正具」或「名正肅」。前者對晚輩，名是片子主人的名，正是片子的正面，具是開列，意卽自己的名字已印在名片正面。後者對長輩、平輩用，肅是敬具，意卽自己的名字已恭印在名片正面。

㈣時間　通常時間都寫在表敬詞之旁。

第三節　便條與名片的寫作要點

便條、名片在寫作時，必須注意下列幾點：

一、遣詞用字力求簡明扼要，所有應酬語、客套話都可以省略。

二、內容以不涉機密性的普通事情爲宜，因爲便條、名片的遞送或留置通常不另加封套。

三、字體可以不拘，但須書寫清楚。

四、便條僅限用於關係較深的朋友，對於新交或尊長最好不用。名片的使用範圍較廣，但對尊長談事，最好也不用。

五、須寫明時間或日期。

六、爲了負責起見，必要時應加蓋私章。

第四節　便條與名片範例

一、便條範例

㈠拜訪

今午來訪，未晤爲悵。明日十時，擬再趨謁，敬請　稍待。此上

大勇兄

弟明仁拜留　三月十日

㈡覆拜訪

明仁兄：昨承　枉駕，有失迎迓，歉甚。明日十時，弟須出席一重要會議，不便請假，明晚八時當踵　府聆教，敬請　鑒諒。

弟大勇拜啓　三月十日

㈢約晤

俊吉兄：頃有要事奉商，敬請明晚七時　撥冗駕臨寒舍一敍。

弟海平敬上　五月四日

㈣覆約晤㈠

來　示奉悉，明晚七時，當遵　囑趨前聆教。此復

海平兄

弟俊吉再拜　五月四日

㈤覆約晤㈡

海平兄：明晚七時，弟另有約，不克趨　府，今晚八時當趨前聆教，敬請　曲留。

弟俊吉敬啓　五月四日

㈥邀宴

承賢兄

明晚六時在舍下敬備菲酌，恭請　光臨。此上

弟建國謹邀　六月五日

㈦覆邀宴㈠

建國兄：承邀詣　府聚宴，曷勝欣幸，謹當準時前往，先此致謝。

弟承賢拜覆　六月五日

㈧覆邀宴㈡

建國兄

承邀飲宴，本當如命，惟以明日須南下洽公，不克趨陪，敬祈　督諒。敬覆

弟承賢頓首　六月五日

㈨邀遊

本周六下午，擬邀吾　兄往木柵觀光茶園一遊，順道拜訪任教政大之大德兄，如蒙

俯允，請於是日下午二時蒞臨寒舍同往。此上

新民兄

弟登福拜上　五月三日

㈩覆邀遊㈠

登福兄：案牘勞形，正苦無以排遣，承邀參觀木柵觀光茶園並訪大德兄，深獲我心，自當準時

詣　府偕往。

弟新民敬覆　五月三日

㈩覆邀遊㈡

承邀同遊木柵茶園並訪大德兄，理應奉陪，奈有要事，不克趨陪，敬請　鑒諒。此覆

登福兄

弟新民再拜　五月三日

㈩饋贈

日昨敝親自南部來，送我自產荔枝兩簍，味尚甘美，特分其半奉贈，敬祈　哂納。此上

淑芬姊

弟大明謹上　七月一日

㈩謝饋贈

大明兄：承　贈佳果，甘美可口，齒頰留香，特申謝忱。

妹淑芬拜謝　七月一日

㈣借物

頃需三民書局編纂之「大辭典」一用，請　惠允慨借，一周後當璧還不誤。此上

立雲兄

弟亨惠敬啟　四月五日

㈤還物

立雲兄：前承　惠借「大辭典」，至深感謝，茲已查得所需資料，特命小兒奉還，即請

查收。

弟亨惠敬上　四月十二日

㈥借錢

茲因急需，敬懇

惠借新臺幣貳萬元，準於一周內奉還，如蒙　慨允，請交來人帶下。此上

澤民兄

弟世和拜啟　三月八日

㈦還錢

前承

惠借新臺幣貳萬元濟急，至深銘感，茲著小女如數奉還，即請　點收。此致

澤民兄

弟世和敬上　三月十二日

二、名片範例

(一)訪友(一)

（正面）

國立政治大學教授

趨訪未遇，頃因要事奉商，擬於明日午
後四時再行晉謁，敬請　曲留為感

弟　王大德　修之　頓首　六月五日

留陳
善仁先

校址：臺北市文山區指南路二段六四號
電話：（〇二）二九三九三〇九一

(二)訪友(二)

（背面）

趨訪未遇，頃因要事奉商
擬於明日午後四時再行晉謁
敬請　曲留為感

名正肅

(三)拜訪(一)

（正面）

天一貿易公司總經理

弟 張有利 趨訪

王大德先生

公司：臺北市南京東路一號

電話：(〇二)二七三一二〇〇一

(四)拜訪(二)

（正面）

指南電子公司業務代表

弟 高傳中 趨謁

敬懇

延見

公司：臺北市指南路二段三〇三號

電話：(〇二)二九三九一九八六

(五)邀約(一)

（背　面）

明日端陽佳節，中午十二時，敬
備菲酌，恭請　駕臨一敘，千
祈勿卻，此致
湘儕兄
名正肅　六月十日

(六)邀約(二)

（背　面）

得功兄：本周日擬往陽明山觀
光花園一遊，敬邀結伴同行，
如蒙　惠允，請於當日晨七
時蒞舍同往。
名正肅　四月六日

(七)介紹(一)

（正面）

擎天機械公司工程師

陳 弟 賜 福 謹上 七月十日

面陳 公司：臺北市羅斯福路一段二〇〇號

林董事長 電話：（〇二）二三二一一七七六

（背面）

頃聞 貴公司急需製圖人才，敝友

雲天君畢業於〇〇工職，品學

兼優，並有多年經驗，請 惠予

提拔，此致

再富兄

名正肅

(八)介紹(二)

（正面）

春暉水電工程公司

王總經理　函陳

弟　唐光明　拜上　八月一日

公司：臺北市指南路六段五〇一號

電話：（〇二）二九三九一八九七

（背面）

玉盧兄：茲介紹李偉平君趨前

晉謁，如蒙　撥冗延見，賜予

教益，感同身受。

名正肅

(九)辭行

（正面）

巨輪精機有限公司董事長

今晚夜車南下，行色匆匆，不克走辭
乞諒

弟 林達生 敬上 即日

留陳
黃大才先生

公司：鹿港鎮中山路一〇二八號
電話：(〇四七)七七六二九九

(十)探病

（正面）

國立臺灣大學教授

弟 王實齋 拜留 即日

廣東 中山

(十一)饋贈

（正面）

弟

陸龜年

敬賀

四月六日

專送

李丕明先生

臺灣 彰化

（背面）

頃聞 貴體違和，特來探望，適值外出，未得一晤，至念。明日上午十時，當再過府候問。此陳

大吉兄

名正肅

(十二)謝饋贈

(正面)

承賜水蜜桃一盒
蘋果一箱謹領謝
弟
李丕明
再拜 四月六日
回陳
陸危平先生

(背面)

欣逢　令尊大人花甲榮慶，因南
下洽公，不克趨　府致賀，甚歉，
并奉上水蜜桃一盒，蘋果一箱，
藉頌
福壽康寧，敬請　哂納，此上
丕明兄　名正肅

⑬商借

（正　面）

弟
杜雲龍　拜上
二月八日

湖北　襄陽

面陳
李明先生

（背　面）

頃為稽尋資料，擬請　惠借
「大辭典」一用，借期十天，如蒙
俞允，請即交來人帶回

右正肅

(十四)拜候(一)

（正面）

重光吾師
師母
新春百福
受業 任克家 鞠躬
即日

(十五)拜候(二)

（正面）

維康世伯
伯母大人節安
晚 朱自立 鞠躬
即日晨十時

【習作題】

一、本縣文化中心舉辦畫展，試撰寫便條一紙，邀約好友同往參觀。

二、因本班舉行郊遊活動，擬向學長借用照相機，試撰寫便條一紙。

三、假日往候小學老師，未遇，試以名片留言致意。

肆　工商應用文

第一節　學術報告

大專教育，以研究高深學術、培養專業能力爲目標。撰寫學術報告，可以鍛鍊思考與分析的能力，激發研究的興趣，對於大專教育的功效，影響甚鉅，實在不能等閒視之。

一、學術報告的撰寫程序與方法

㈠選定題目：目前一般學校中，學生撰擬學術報告的題目，方式有二：一是由教師指定，這種方式，由於任課教師對學生的素質、程度有所瞭解，學生在寫作時比較不會有太多困難。二是讓學生自行決定，這種方式，學生必須對課程內容有較深刻的認識。不論那一種方式，題目都不能太大，也不能太小，必須要看自己的能力和興趣來決定。

㈡擬訂大綱：題目決定後，應先設法找幾本相關的著作或文章，仔細研讀，以便對所要研究的題目獲得一般性的瞭解，並藉以導入主題，從而獲得啟發，著手擬訂大綱。大綱就像工程的藍圖一樣，有了藍圖，才好按部就班的施工。所以大綱的擬訂，主要目的有二：一是幫助我們蒐集資料，不至於茫無指向；二是指引我們寫作的頭緒，不至於任憑思想奔馳，隨意下筆，遺漏中心主題，或使得文章空泛而又欠缺一貫性。但是大綱並非一成不變，遇有新材料，仍可隨時補充修正，只要全篇顯得有組織，就已達到擬訂大綱的目的。

㈢蒐集資料：任何一位從事撰寫學術報告的人，最容易想到的蒐集資料的地方就是圖書館。一般設備齊全的圖書館，對所收藏的書籍都會編目登卡，稱之爲分類卡；利用分類卡，可以尋找到所需要的書目。此外，從事學術研究離不開期刊與學報；近年來期刊指南與期刊論文索引的編製，分門別類，檢索至爲方便。除此之外，觀察、實驗、訪問、問卷調查，也是蒐集資料的重要方式，在某些學科的研究領域內，已被普遍採用。

㈣作成筆記：蒐集所得的資料，必須作成筆記，這種筆記通常寫在規格一致的卡片或卡紙上。一張卡片只記載一項資料，每張卡片都自成一個單元，以便日後整理歸類。抄錄筆記時，務必忠實於原文，不可將自己的觀點與原文混淆。資料卡上，必須注明資料的來源，包括書報雜誌名稱、作者、出版時地、期別、頁碼、出版者等，以便將來查證和作注釋之用。

㈤撰寫初稿：經過一番蒐集的工夫，手邊已有相當的資料，這時就可以將筆記卡上的資料，一一歸入適當的綱目內，寫成長短適宜、結構精密、切題而又有創見的初稿。但在寫作過程中，對於原始資料和二手資料的運用，務必區別清楚，以免自己在無意之間剽竊了他人的作品。

㈥修訂初稿：由於初稿大多是在資料的歸納與演繹當中，隨時運思順筆寫成的，所以在清繕完稿之前，必須再就全篇的格式、次序，以及文字、段落等加以修訂。尤其是內容方面，必須注意主題是否已充分發揮，條理是否清晰，所討論的各個細節是否彼此相關，同時又不重複，以免使人感到乏味及無意義。

㈦謄稿校對：一篇學術報告的完成，作者必須親自負責最後的謄稿或校對。校對要有集中的注意力和充分的時間，逐字整句檢查，除改正打字或繕寫的錯誤之外，還要好好利用這最後的機會，對文字進行修飾和檢查，以期盡善。

二、學術報告的撰寫要領

㈠評估資料：撰寫任何有系統、有條理、有依據的學術報告，非蒐集資料不可。正確的資料，不但具有參考價值，可以用來配合整個研究報告的結構，而且能夠產生啟發作用，根據此一啟發而獲得某一論點。所以對於資料的取捨必須注意下列三點：

1. 利用目次、序言查尋有用的資料：查尋資料是一件極費時間的事，所以在蒐集資料的初步階段，最好能快速處理。如果是一本書，最好先翻閱目次，速讀序言、導論等，以瞭解此書內容是否確有所需或值得參考的資料在何章何節，再精讀所需部分，擇要筆記。如果是長篇論文，必有前言或小標題，可供參考，決定取捨。

2. 不要輕信權威：對於較重要而具有關鍵性的資料，不管是理論、學說、事件、傳記等，固然應選具權威性者，但仍不可完全輕信權威，最好再查另一部或第三部同類書籍，仔細比較，這樣，不但可以廣泛取其所長，而且能夠發現其中有無矛盾或錯誤，如能稍費時間加以辨證，提出確切的說明，解人疑慮，更可增強研究報告的價值。即使是仁智互見的問題，如果正反兩面的資料都加引證，也能增強研究報告的廣博性、客觀性，而且可以互爲發明，提出新的創見。

3.區別原始資料與第二手資料：撰寫學術報告，應該盡可能利用原始資料，不要過分依賴第二手資料。所以在蒐集資料的過程中，最重要的問題是如何區別原始資料和二手資料。一般來說，原始資料概括有信函、日記、原始作品，或調查、測驗與訪問談話的原始筆錄、實驗或測驗的報告；第二手資料則通常包括百科全書、各類工具書、介紹、評論或闡釋性質的文章。將於原始資料，必須判斷資料本身的可信程度如何，從資料中歸納出有用的結論。對於第二手資料，必須決定原作者本人是否值得信賴，並且要辨別書中何者爲已經存在或發生過的事實，何者是原作者自己引申的見解，不可混淆。

㈡充分表達研究成果：撰寫研究報告是整個研究過程的最後階段，也是最爲重要的工作。有了最嚴謹的設計與方法，最紮實的步驟與過程，而且也獲致最顯著的成果，如果不能充分傳達給第三者，豈不是太可惜了嗎？所以如何把研究成果充分表達出來，實爲撰寫學術報告者必須認眞思考的問題。玆分爲下列四點加以說明：

1.組織思想：撰寫學術性的研究報告，思想組織是否得當，將會影響讀者是否能夠得到完整的認識。事實上，從事學術研究，儘管蒐集的資料是如何具有價值，卻仍是零亂而漫無邊際的，所以有效利用所得的資料來組織自己的思想，將是決定研究報告是否成功的要件之一。組織思想的方法，必須合乎邏輯的形態。一般學者常用的方法是從已知到不知，從原因到結果，從簡單到複雜，從疑問到解答。但如研究的主題是有關傳記或解釋某一事物發生或製造的過程，那麼以時間的先後來表示，比較容易達到效果。又如一個題目在形態上包括了兩個以上相關事物的討論，那就可以使用比較與對照的方法，以凸顯彼此的相同點和相異處。

2.提出創見：構成學術報告的實質要件是創見，如果只是介紹或整理別人的意見，而毫無自己的見解，那就不能成為具有學術價值的報告。所謂創見，大致可從三方面來衡量：一是能與已有的文獻、相關的理論及研究發現相互印證，以證實或修正過去的理論，並藉以累積更為可靠的知識。二是能就某種蕪雜繁複的客觀現象，剖析歸納為規律、條理的陳述，使一般人容易觀察或再研究。三是能夠就當前的現實困境或難題，探究癥結所在，查尋其發生原因，並提供對策。

3.重視注釋：注釋是一篇學術報告不可缺少的部分。撰寫學術報告不免要引用他人的著作與言論，注明引文資料的來源出處，可以表現謹嚴負責的治學態度。有時對於某些重要資料，如果在正文中討論，將會破壞文章氣勢或打斷讀者思路，也可放在注釋之內，再作附帶的評論、說明和修飾。近代的學術報告還常利用注釋提供多元化的相關參考資料，以加強獨立研究發展。但是對眾所周知的事實與常識，則可不必加注。在一般習慣上，正文中的每一注釋都應依照順序編號，並加圓圈或括號，如①②③……，或〔注一〕、〔注二〕……。通常注釋以章為單元，短篇的研究報告則可集中置於全篇之後。凡正文中初次徵引一種資料時，書籍資料應在注釋中備列作者姓名、書名、版本的名稱或版數（指第二版以後）、總卷數（在二卷以上時）、頁碼、出版時地、出版者等，期刊資料應包括作者姓名、文章名稱、期刊名稱、卷數和期別、出版日期、頁碼等。此後再徵引同一資料時，則可予以簡化，如「見注○」、「見第○章注○」。

4.文字順暢：撰寫學術報告，在文字方面雖然不必像文學作品那樣強調詞藻的修飾或意境的美化，但文句晦澀難懂，也不足以引起讀者的興趣，所以條理清晰、文字通順，也是撰寫學術報告的基本原則。通常應先注意段落的單一性，一個段落只表示一個中心思想或觀念，以免造成混亂。對於事實的陳述，應力求客觀，不要使用主觀或帶有情緒性的文字，更不能有故意誇張的字眼。卽使是引證他人資料、評述有關研究或論點，也要採客觀立場，切忌恭維或不必要的抨擊。初稿完成後，應仔細校讀幾遍，特別注意分段是否得宜，段與段、句與句之間有無連貫性。

三、學術報告的撰寫格式

一篇正式的學術報告，可包括三個主要部分：㈠篇首，㈡正文，㈢參考資料。各部分都有它構成的要件，以及一定的規格與排列次序，玆分別說明如下：

㈠篇首

1.封面：學術報告的封面，通常應寫明學術研究機構或就讀大專院校的名稱，報告的題目、作者姓名，授課或指導者姓名，報告的完成日期等。

2.提要：正式的學術報告常附有提要，包括研究目的、資料來源、研究方法、結果等。短篇的學術報告，則可省略。

3.序：可分爲自序和他序兩種。自序通常闡述研究的動機、目的、範圍與其他背景因素等，以及包括報告的編排程序、資料取捨的依據，以及所用術語、不常見的名詞或符號的說明，通常這一部分可標以「凡例」字樣；最後則爲向指導者與協助機關表示謝忱。他序則多敦請師長、專家來寫，寓有推介宏揚的意思。

4.目次：這是依次記載正文各章節標題以及附錄、參考書目的頁數；如有圖、表，可另列一覽表，並加頁次。

㈡本文

1.緒論：一般學術報告的本文，都以緒論爲開端，如果篇幅很短，也可改稱爲「前言」，獨立放在正文的前面，不列入正文的章節裏。緒論的內容，大概都是敍述研究的經過或使用的方法。也有的是把整個研究報告的內容作一簡單的敍說，幫助讀者掌握其整體脈絡。

2.正文：這是研究報告的主體，通常以章節來區分。全文分爲若干章，一章再分爲若干節；每一章節各有一個標題，而且在各章開始時，都另起新頁。但是短篇的學術報告，也有不注明章節的，只在主要段落的標題之上，各以國字或阿拉伯數字標明順序。較長的學術報告則將相關的若干章集合成爲一「篇」，各篇再冠以獨立的篇名。某些學術報告，在章節之下再加細分，習慣上按照壹、一、㈠、1、⑴等編列，但每一層次的區分，從屬關係必須清清楚楚，使讀者一目了然。

3.結論：這是本文的最後一部分。大抵是指出研究報告的重點與發現，或說明此次研究之不足與今後繼續研究的方向。如果文字不多，也可不列入正文的章節裏，獨立放在正文之後。

㈢參考資料

1.附錄：這雖非論文的必備部分，卻可用來提供讀者一些與內容有關而不便載於正文裏的資料，如歷史性的文物、詳細圖表、蒐集資料的計畫、冗長的個案研究等。如果附錄文件很多，應加以分類編號。

2.參考書目：在寫作過程中，所有徵引的書籍、期刊等，或與主題有關的論著，都要分門別類，列成目錄，以提供讀者對類似問題從事研究的參考。

3.索引：近年具有相當分量的論著，都會附有索引，以利讀者翻查；通常分為人物索引與主題索引，可權衡需要處理。

第二節　青年創業

政府為有效的利用人力，增加青年工作機會，加速國家經濟建設發展，所以由行政院青年輔導委員會訂定輔導青年創業辦法，對於具有完備創業條件、決心自創事業的青年，透過金融體系，提供其創業資金的低利貸款，並在經營管理方面加以輔導。申請人可直接向青年輔導委員會領取創業辦法及計畫書，填妥後提出申請。茲將青年創業計畫書附於後。

第三節 工廠成立

依照我國現行工廠設立登記規則第二條規定，所謂工廠，係指凡有事業名稱、固定場所、資本額在新臺幣三萬元以上，利用人工或（及）機器以製造、加工、修理為業務者均屬之。

工廠設立許可及登記的主管機關，在中央為經濟部，在直轄市為市政府建設局，在縣（市）為縣（市）政府。根據現行規定，新設工廠，應先向所在地縣（市）政府或直轄市建設局申請工廠設立許可，然後在二年三個月內完成設廠並辦理工廠登記。茲將有關書表附於後。

青年創業計畫書

甲表一申請人基本資料

特種身份青年：└更生青年 └身心障礙青年 └原住民青年

總編號		行業編號		貼相片處
行庫編號		電腦識別號碼		
申請人姓名		性別		
出生年月日	年 月 日	聯絡電話	1.( ) 2.( )	
國民身分證統一編號		手機及呼叫器	1. 2.	
戶籍地址	└└└	縣（市） 街（路）	鄉（鎮市區） 段 巷 弄 號	村（里） 樓
聯絡地址	└└└	縣（市） 街（路）	鄉（鎮市區） 段 巷 弄 號	村（里） 樓

學歷	學校或相當學歷資格名稱(全銜)	系（科）別	畢業時間
			年 月
			年 月

職業訓練		專長	

經歷	服務處所名稱	職稱	到職日期	離職日期
			年 月	年 月
			年 月	年 月
			年 月	年 月
			年 月	年 月

婚姻	└已婚 └未婚	配偶姓名		國民身分證統一編號	

申請貸款金額（大寫）	無擔保貸款 元	合計 元
	擔保貸款 元	

1. 本計畫書務請親自據實填寫，如有不實，自負法律責任。
2. 申請人對貸款申辦手續如有疑義，請直接向青輔會及其各縣市創業輔導網洽詢，不收取任何費用，萬勿委託他人代辦，以免受錢財損失。
3. 創業計畫書經青輔會審查符合規定者，即推介承辦行庫辦理核貸手續；須經承辦行庫完成徵信作業程序，審核合格後，始行貸放撥款。
4. 申請人同意將本計畫書紅框欄內資料由青輔會以電腦儲存，作為創業輔導之用。

申請人簽章：＿＿＿＿＿＿＿＿＿＿

(1)

青年創業計畫書

乙 表一創辦事業資料

(1)創辦事業名稱（全銜）				□籌設中 □已設立
(2)實際經營型態	□股份有限公司 □有限公司 □合夥 □獨資			
(3)事業地址	公司營業場所		電話	( )
	工廠			
	農業設置地點			( )
(4)主要產品（或業務）名稱				

(5)現有員工人數	大專以上	男 人	女 人	合計	人
	高中職以上	男 人	女 人		

(6)現有生財器具或生產設備	名稱	數量	廠牌	型號或規格

(7)股東自籌資金總額	新台幣（大寫） 元
(8)青年創業貸款總額	新台幣（大寫） 元

(2)

(9) 貸款主要具體用途	名稱	數量	單價	總價
			元	元
			元	元
			元	元
			元	元
			元	元
			元	元
			元	元
			元	元
			元	元
			元	元
			元	元
	小計			元
	週轉金	元	估貸款比率	%
	合計			

(10) 預估營業收入

第一年	元	第二年	元	第三年	元

(11)預估第一年損益表

銷貨收入	元－銷貨成本	元＝銷貨毛利	元
銷貨毛利	元－管銷費用	元＝營業淨利	元
營業淨利	元＋營業外收入	元－營業外支出	元
＝本期損益			

(12) 申請貸款總額（大寫）	無擔保貸款	元	擔保貸款	元
	合計	元	共同申請貸款總人數	元

(13) 申請貸款行庫	□台灣銀行	分行	□台北銀行	(部）分行
	□台灣省合作金庫	(部）支庫	□高雄銀行	(處部）分行
	□台灣中小企業銀行	(部）分行		
(14) 貸款償還方式	按 規 定 償 還 本 息			
(15)創 業 動 機 暨 未 來 構 想				

請按下列填寫各項重點詳細敘述：

（一）選擇這個行業的機緣？創業者認爲從事這個行業應具備那些專長與經驗？

（二）說明服務項目或產品之名稱、主要用途（功能）、特點及成長利基何在？

（三）說明服務市場或產品的市場在那裡？銷售方式與競銷條件如何？

（四）對所創事業未來的發展計畫及市場潛力如何？

（五）說明貸款償還計畫。

（本表如不敷使用，請自行貼頁。）

(4)

⒃全部股東（合夥人）名冊

姓名	預定職務	年齡	學歷	出資額（新台幣元）		住址	電話	簽章
				自有	貸款			
	負責人							
本計畫資金總額	元					申請日期：		

本會審查結果（由本會填寫）

本件青年創業貸款申請案業經本會審查資格條件符合規定。

行政院青年輔導委員會

工 廠 設 立 申 請 書

茲依照「工廠設立登記規則」第五條規定，填具工廠設立申請書乙式二聯，並檢同工廠廠地位置圖、建築物配置平面圖及有關書件　　各份，請准予設立。

此　致

臺北市政府建設局

申請日期：中華民國　　年　　月　　日

核准案號：□□－□□－□□□□□□		核准日期：□□年□□月□□日				（本欄登記機關填寫）	
廠名							
設廠地點	廠址	市　區　里　鄰　路街　段　巷　弄　號　樓					
	地號						
	電話	（　）	使用分區		代號		行政區域代號
代表人	姓名		身分證號碼		電話	（　）	
	住址						
資本額		新臺幣　　元	營利事業統一編號				
經營方式			代號		行業別		代號

預計建廠及分期使用期限	興工	完工	開工	建築物性質	
				領有使用執照	未領使用執照
一期：	年　月　日	年　月　日	年　月　日		
二期：	年　月　日	年　月　日	年　月　日		
三期：	年　月　日	年　月　日	年　月　日		

預計僱用員：男　　人，女　　人			工：男　　人，女　　人			
電力合計：　　馬力，電熱合計　　瓩			工業用水　　立方公尺／日			
基地總面積（m²）		空地面積（m²）			建蔽率	%
建築面積（m²）	第一層	第二層	第三層	第　層	第　層	合計
廠房（m²）						
倉庫（m²）						
辦公室（m²）						
員工宿舍（m²）						
其他（m²）						
合計（m²）						

主　要　產　品　（請橫寫）

名稱	單位	年產量	名稱	單位	年產量

二、工廠開工申請書

核發工廠登記證　日期：　年　月　日　編號：　－　－　（本欄登記機關填寫）

工廠開工申請書

本廠前經　貴局　年　月　日　字第　號文核准設立

核准設立業號：　－　－

（並經　年　月　日　字第　號文核准設立許可變更），

茲已於　年　月　日建廠試車完竣，謹依照「工廠設立登記規則」規定填具開工申請書乙式　聯及有關書件連同登記證工本費新臺幣　元，請核發工廠登記證。

此致

臺北市政府建設局

申請日期：中華民國　年　月　日

廠名			
廠址	市　區　里　鄰　路街　段　巷　弄　號　樓		
代表人		身分證號碼	
營利事業統一編號		電話	（　）
臺電電號			
用電種類	（請就A5、D5、75、95四種工廠用電擇一註明）		
工廠及代表人印章		其他事項說明	

主要機器動力設備(請橫寫)

名稱	單位電力數		數量(臺)	名稱	單位電力數		數量(臺)
	馬力	瓩			馬力	瓩	
				合計			

主要原料

名稱	單位	年需量

公害防治方法說明

工廠及代表人印章

說明

第四節　公司登記

公司係以營利為目的，依照公司法組織、登記、成立的社團法人。凡資本額在一億元以上的公司，向經濟部商業司申請設立登記；資本額在一億元以下的，依公司地址所在不同而分別向省（市）政府建設廳（局）或經濟部加工出口區管理處、科學工業園區管理局申請。茲將申請設立有限公司、股份有限公司所應具備的書表，擇要附於後：

一、有限公司

1. 設立登記申請書

〇〇有限公司設立登記申請書

一、等現在　　　設立　　　有限公司
茲依法申請登記。

二、遵照公司法第三八七條、第四一一條、第四一二條及第四一三條規定加具各項文件。隨繳執照費新臺幣貳仟元登記費新臺幣　　　元，備文申請准予登記發給執照。

此　致

臺北市政府建設局

附件：①公司登記卡二份，登記事項卡三份

②公司章程二份

③股東戶籍謄本或身份證影本二份

④資產負債表，股東繳納股款明細表二份

⑤銀行送金單，存摺或對帳單影本二份

⑥查帳報告書及委託書二份

⑦執照費貳仟元，登記費按資本總額四千分之一計算

申請人：　　　　有限公司

地　址：

董事長：

董　事：

董　事：

中華民國　　　年　　　月　　　日

2.公司章程

○○有限公司章程

第一章　總　則

第　一　條：本公司依照公司法關於有限公司之規定組織定名爲　　　　　　　　有限公司。

第　二　條：本公司經營之事業如左：

第　三　條：本公司設於

第　四　條：本公司公告方法依照公司法第二十八條規定辦理。

第二章　出資及股東

第　五　條：本公司資本額定爲新臺幣　　　　萬元。

第　六　條：本公司股東姓名住址及其出資額如左：

第七條：本公司股東非得其他全體股東過半數之同意，董事非得其他全體股東之同意，不得以其出資之全部或一部轉讓與他人。

第八條：本公司股東每出資新臺幣壹仟元有一表決權。

第三章　董　事

第九條：本公司置董事　　　人，推定　　　　為董事，並推定　　　　為董事長對外代表公司。

第十條　董事之報酬得於章程內訂明或依特約另定之。

第四章　經理人

第十一條：本公司得設總經理壹人經理若干人，其委任、解任及報酬依照公司法第二十九條規定辦理。

第五章　會　計

第十二條：本公司營業年度每年自一月一日起至十二月三十一日止辦理總決算一次。

第十三條：本公司應於每屆營業年度終了後，由董事造具左列表册請求各股東承認。

㈠營業報告書。

(二)資產負債表。
(三)財產目錄。
(四)損益表。
(五)盈餘分派或虧損彌補之議案。

第十四條：本公司股息定爲年息壹分，但公司無盈餘時，不得以本作息。

第十五條：本公司年度總決算如有盈餘，應先提繳稅款，彌補已往虧損，次提百分之十爲法定盈餘公積，其餘除派付股息外，如尚有盈餘作百分比再分派如左。

(一)董事酬勞百分之
(二)股東紅利百分之
(三)員工紅利百分之

第十六條：本公司盈餘虧損，按照各股東出資比例分派之。

第六章　附　則

第十七條：本章程未訂事項，悉依公司法規定辦理。

第十八條：本章程訂立於民國　　年　　月　　日

有限公司

（全體股東簽名蓋章）

二、股份有限公司

1.設立登記申請書

○○股份有限公司設立登記申請書

一、　　　　等現在

設立　　　　股份有限公司，茲依法申請登記。

二、遵照公司法第二八七條、第四一八條及第四一九條之規定，加具各項文件，隨繳執照費新臺幣貳

仟元，登記費新臺幣　　　　備文申請

准予登記發給執照爲禱。

此　致

附件：1.公司登記卡二份，登記事項卡三份。

2.章　程二份

3.股東名簿二份

4.發起人會議事錄二份

5.董事會議事錄二份
6.董事監察人名單二份
7.資產負債表，股東繳納股款明細表二份
8.銀行送金單、存摺或對帳單影本二份
9.查帳報告書及委託書二份
10.執照費新臺幣貳仟元登記費按資本總額四千分之一計算
11.全體發起人身分證影本或戶籍謄本二份

申請人：　股份有限公司
公司地址：
董事長：
副董事長：
常務董事：
常務董事：
董事：
董事：
監察人：

中華民國　年　月　日

2.公司章程

○○股份有限公司章程

第一章　總　則

第 一 條：本公司依照公司法規定組織之，定名為　　股份有限公司。

第 二 條：本公司所營事業如左：

第 三 條：本公司設總公司於　　必要時經董事會之決議得在國內外設立分公司。

第 四 條：本公司之公告方法依照公司法第二十八條規定辦理。

第二章　股　份

第 五 條：本公司資本總額定為新臺幣　　元，分為　　股。每股金額新臺幣　　元，全額發行。

第 六 條：本公司實際發行股份為　　股，計新臺幣　　元整。

第七條：本公司股票概爲記名式由董事三人以上簽名蓋章，經依法簽證後發行之。

第八條：股票之更名過戶，自股東常會開會前一個月內，股東臨時會開會前十五日內或公司決定分派股息及紅利或其他利益之基準日前五日內均停止之。

第三章　股東會

第九條：股東會分常會及臨時會二種，常會每年召開一次，於每營業年度終結後六個月內由董事會依法召集之，臨時會於必要時依法召集之。

第十條：股東因故不能出席股東會時，得出具公司印發之委託書載明授權範圍，簽名蓋章委託代理人出席。

第十一條：本公司股東每股有一表決權，但一股東而有已發行股份總數百分之三以上者，其超過部份以　折計算。

第十二條：股東會之決議除公司法另有規定外應有代表已發行股份總數過半數股東之出席，以出席股東表決權過半數之同意行之。

第四章　董事及監察人

第十三條：本公司設董事　人，監察人　人，任期三年，由股東會就有行爲能力之股東中選任，連選得連任。

第十四條：董事會由董事組織之，由三分之二以上董事之出席及出席董事過半數之同意互推常務董事　人，並依同一方式，由常務董事互推董事長一人，副董事長一人，董事長對外代表公司。

第十五條：董事長請假或因故不能行使職權時，其代理依公司法第二百零八條規定辦理。
第十六條：全體董事及監察人之報酬由股東會議定之，不論營業盈虧得依同業通常水準支給之。

第五章　經理人

第十七條：本公司得設總經理一人，副總經理及經理若干人，其委任、解任及報酬依照公司法第二十九條規定辦理。

第六章　會　計

第十八條：本公司應於每營業年度終了，由董事會造具㈠營業報告書㈡資產負債表㈢財產目錄㈣損益表㈤盈餘分派或虧損彌補之議案等各項表册依法提交股東常會，請求承認。
第十九條：本公司股息定爲年息壹分，但公司無盈餘時，不得以本作息。
第二十條：本公司年度總決算如有盈餘，應先提繳稅款，彌補已往虧損，次提百分之十爲法定盈餘公積，其餘除派付股息外，如尙有盈餘作百分比再分派如左。
㈠股東紅利百分之　　。㈡員工紅利百分之　　。㈢董事監察人酬勞百分之　　。

第七章　附　則

第二十一條：本章程未訂事項，悉依公司法規定辦理。
第二十二條：本章程訂立於民國　　年　　月　　日。

股份有限公司

（全體發起人蓋章）

3.發起人會議事錄

○○股份有限公司發起人會議事錄

時間：　年　月　日　時

地點：本公司

出席：

主席：　　　　紀錄：

一、主席宣佈開會如儀

二、主席致詞：略

三、討論事項：

1.訂立公司章程案

決議：

2.推選董事監察人案

決議：推選　　　　為董事

　　　　　　　　　為監察人

四、散會

主席：

紀錄：

4.董事會議事錄

○○股份有限公司董事會議事錄

時間：　　年　　月　　日

地點：本　公　司

出席：

主席：　　　　紀錄：

一、主席宣佈開會如儀

二、主席致詞：略

三、討論事項：

1.推選常務董事、董事長案

決議：互推　　　　為常務董事

並由常務董事互推　　　　為董　事　長　　　　為副董事長。

四、散會

主席：

紀錄：

第五節　專利申請

所謂專利，就是新發明的物品或方法，得到政府的許可，在一定時間內，可以獨占其利益的權利。茲依照我國現行專利法的規定，將各種專利分別說明如下：

一、發明專利：凡新發明具有產業上利用價值者，得依法申請專利。

二、追加專利：在專利權期間內，當專利權人有再發明或再創作時，得依法申請追加專利。

三、新型專利：凡對於物品之形狀、構造或裝置首先創作合於實用之新型者，得依法申請專利。

四、新式樣專利：凡對於物品之形狀、花紋、或色彩，首先創作適於美感之新式樣者，得依法申請專利。

五、聯合新式樣專利：新式樣專利在申請中或核准專利權期間內，原申請人或專利權人有近似的新式樣時，得依法申請聯合新式樣專利。

目前有關專利的業務是由經濟部智慧財產局兼辦，專利申請文件分爲「申請書」、

「宣誓書」、「專利說明書」（申請發明、新型專利者使用）或「圖說」（申請新式樣專利者使用）。近年來由於申請專利案件甚多，智慧財產局爲能迅速完成審查工作，訂有一定的格式，要求申請人嚴格遵守，申請人在申請專利之前，應確實瞭解所有申請書件的格式，詳細塡寫。玆將申請發明專利有關書表附於後，以供參考；其餘各種專利申請書表格式略同，爲節省篇幅，不再一一列舉。

一、發明專利申請書

（由本局填寫）

申請案號：	承辦人代碼：
申請日期：	大　　類：
案　　由：10000	分辦日期：

發明專利申請書

中華民國　　年　　月　　日

□曾向貴局申請其他專利　□未曾申請任何專利

受文者：經濟部智慧財產局

主旨：請審查並准予「發明專利十五年。」

附送書件：
□一、詳細說明書同式三份。
□二、圖式同式三份。
□三、宣誓書一份。
□四、（發明人與申請人非同一人者）申請權證明書一份。
□五、（委任專利代理人代為申請者）代理委任書一份。
□六、（外國人申請者）經驗（認）證之國籍或法人證明一份。
□七、（說明書原本係外國文者）原文說明書同式三份。
□八、樣品（模型）　件（可暫免送，有需要時通知補送）。
□九、

規費：新臺幣一仟五佰元整

申請人

姓名	簽章	國籍
ID		
姓名	簽章	
ID	（身分證統一編號或公司營利事業登記證號—見附註）	電話
住址（本住址與前向貴局申請者□相同□不同）		
代表人	簽章	

發明人

姓名	國籍
住址	

□專利代理人　□文件送達代收人

姓名	簽章
ID	（身分證統一編號）
住址	
電話	
專利代理人證書字號	臺代字第　　號

附註：
一、申請人為本國人或公司，第一次申請專利者，均應填寫「申請人ID」（如有變更，應隨即通知更改）；申請人為外國人或公司，第一次申請專利者，免填「申請人ID」（由本局統一編訂），第二次以後申請者，則應填寫本局第一次編給之「申請人ID」號碼。
二、第二次以後申請，其地址與第一次不同，而第一次地址未申請本局變更者，請於申請書上註明。

二、申請專利宣誓書

裝訂線

申請專利宣誓書

茲謹宣誓：本案申請專利之：「　　　　　　　　　　　　　　　　　」確係宣誓人所創作發明，倘有冒充、抄襲、模仿、影射或其他不實情形，願受法律之懲罰。

謹誓

宣誓人姓名：　　　　　　　　　　簽章

住址：

中華民國　　　　年　　　　月　　　　日

三、發明新型專利說明書

申請日期	
案　　號	
類　　別	

（以上各欄由本局填註）

發明新型專利說明書		
一、發明創作名稱		
二、發明創作人	姓　名	
	籍　貫（國　籍）	
	住　址	
三、申請人	姓　名	
	籍　貫（國　籍）	
	住　址	
	代表人姓　名	

裝 訂 線

发明
新型之名稱：

四、摘要說明：

附註：本案已向　　　　國（地區）申請專利，申請日期：　　　　案號：

五、詳細說明（本欄應就發明（創作）之目的，技術內容（特點）及功效依次逐項詳細說明）

裝
訂
線

圖式（可繪於本頁上或另以甲4號紙繪製）

裝 訂 線

第六節　商標註册

凡因表彰自己所生產、製造、加工、揀選、批售或經紀的商品，欲專用商標者，應依商標法有關規定向經濟部智慧財產局申請註册。但同一人以近似的商標，指定使用於同一商品或同類商品，應申請註册爲聯合商標。同一人以同一商標，指定使用於雖非同類而性質相同或近似的商品，得申請註册爲防護商標。玆將商標註册申請書附於後。

代碼(A)	□創設商標 □聯合商標 □防護商標	註册申請書	※審定/核駁 第 號	此處請自粘貼商標圖樣乙張	密 公告或結案後機密等級自動註銷

正商標號數： 名稱： 類別：

申請人	證件號碼	
	名稱或姓名（簽章）	
	代表人（簽章）	
	地址	
	電話	
代理人	身分證統一號碼	
	姓名（簽章）	
	地址	
	電話	

商標名稱：

商品類別及名稱	類別	商標法施行細則第27條第＿＿＿類
	名稱	

商標					
中文		日文		其他文字（代碼）	
英文		記號		申請日期	

核判	商標公報第 卷第 期 本商標公告於 年 月 日	實體審查	程序審查	發文
				字號：（ ）臺商審字第 號 日期：

申請案號	

經濟部智慧財產局印製

第七節　招　標

一、招標的意義

凡招辦營繕工程或購置、定製、變賣財物，先將設計圖、材料、貨樣、說明等，公告於眾，讓願意承攬的廠商，按照規定投報價格，並當眾開標，然後從中選定得標者，訂立契約書，叫做招標。

公開招標可以杜絕徇私，防止弊端，而且能夠以合理的價格完成營繕工程或購置、定製、變賣財物。合法而具有承攬能力的廠商，也可以在公平競爭的條件下，享有以合理價格得標的權利和機會。同時可以刺激廠商研究改良營繕或製造的技術，減低成本，參與競標，因而促進工商業的進步。所以政府機關辦理營繕工程或購置、定製、變賣財物，大多採用公開招標的方式。

二、招標公告的內容

目前政府機關辦理招標事宜，依據行政院暨所屬各機關營繕工程招標注意事項第三條規定：「工程招標應在主辦機關門首公告五日以上，並在當地報紙廣告二日以上……。」公開招標，在民法上是一種要約行為，所以撰擬招標公告時，必須周詳適當而審慎，其形式依照公文寫作的規定，但應儘量以表格處理，免用三段式，本書「應用文教材」的公文部分已舉有公告實例，一般民間團體、公司行號，也可以仿照採用，今再分為營繕工程招標公告與購置定製變賣財物招標公告兩類，將公告事項所應包括的內容列舉於左：

㈠營繕工程招標公告：通常營繕工程招標公告的內容，應包括工程名稱、工程地點、投標廠商資格、領取圖說時地、押圖費、押標金、開標日期、開標地點等。

㈡購置定製變賣財物招標公告：這是有關財物的買賣，所以對於財物的名稱、數量、投標廠商資格、押標金、開標時間、開標地點等，都要明確規定，以免引起糾紛。

三、招標公告實例

㈠營繕工程招標公告

1. 三段式、張貼用

○○銀行工程招標公告

中華民國○○年○月○日
○○字第○○號

主旨：公告本行○○分行新址裝修工程招標事項。

依據：行政院暨所屬各機關營繕工程招標注意事項

公告事項：

一、工程地點：○○縣○○鎮○○路○○號。

二、廠商資格：丙級以上營造廠。

三、開標日期及地點：○年○月○日上午十時在本行○樓會議室（○○市○○路○段○○號）。

四、領圖日期及地點：○年○月○日起至○年○月○日止向本行營繕科（○○市○○路○段○號）或○○分行（○○縣○○鎮○○路○號）領取，或於○年○月○日前（以郵戳爲憑）附足限時掛號回郵郵資及文件費、購圖費以行庫或郵局滙票，用限時掛號郵寄本行營繕科，本行即將圖說等以限時掛號函件按址寄發（回郵郵資約一百元）。

五、投標文件費及購圖費：投標文件費新臺幣五百元，購圖費新臺幣一千元。

六、押標金：新臺幣三十二萬元整。

七、其餘詳投標須知。

總經理　○○○

2. 表格式、登報用

〇〇專科學校工程招標公告

中華民國〇〇年〇月〇日
〇〇字第〇〇號

工程名稱	工程地點	廠商投標資格	押標金新臺幣	購圖費新臺幣	文件領取日期及地點	開標日期及地點	備註
本辦公大樓新建（建築）工程	〇〇市〇〇街〇〇號	甲級以上營造廠商，領有營利事業登記證、營造業登記證、工程承攬手冊、公會會員證、納稅證明文件，且未受停業處分、在最近兩年曾一次承包軍公教建築工程總價在一千五百萬元總面積在一千八百平方公尺以上且有中空樓板施工經驗者。	一百八十萬元正。	一千元正。	自即日起至〇〇月〇〇日止在本校總務處領取，或郵購，郵購請加附郵資四十元。	〇〇月〇〇日上午九時在本校會議室當眾開標。	㈠領標廠商應自行預估收寄件時間，逾時主辦單位不負任何責任。 ㈡餘詳見投標須知。
本辦公大樓新建（水電）工程		甲種以上水電承裝業領有營利事業登記證、水電業登記證、工程承攬手冊、公會會員證、納稅證明文件、且未受停業處分，最近兩年曾一次承包軍公教水電工程總價在二百五十萬元以上者。	三十萬元正。	五百元正。		〇〇月〇〇日上午十時在本校會議室當眾開標。	

(二)購置訂製變賣財物招標公告

1. 採購物料、表格式、登報用

臺灣電力公司標購物料公告

中華民國○○年○月○日
○○字第○○號

標購物料名稱及數量	投標廠商資格	投標廠商應備證件	登記日期	截標時間	開標日期	辦理手續及開標地點	押標金（新臺幣）
橫擔（臺灣櫸木或臺灣扁柏）	木材製造廠	①有關營業登記證件②納稅證明③投標比價證明書④工廠登記證	自即日起至○○月○日上午九時四十分止（例假除外）	○○月○日上午九時五十分	○○月○日上午十時	本公司材料處（臺北市羅斯福路三段二四二號）	伍拾萬元

2. 訂製獎牌、表格式、登報用

○○縣政府教育局招標公告

中華民國○○年○月○日
○○字第○○號

標製物品	廠商資格	領標日期地點	押標金	開標日期地點	附註
「國民小學模範生獎牌」乙批。	凡持有政府發給之營業登記證，工廠登記證及最近一期完稅文件之廠商，其營業項目相符，有承辦能力並參加公會爲會員者。	自即日起至○月○日止在下午辦公時間內向本局事務股領取。	新臺幣壹拾萬元整	民國○年○月○日下午三時在本局會議室當眾開標。	餘詳投標須知。

3.標售廢船、三段式、登報用

中國石油股份有限公司標售廢船公告

中華民國〇〇年〇月〇日
〇〇字第〇〇號

主旨：公告標售廢船壹艘。

依據：奉交通部〇〇年〇月〇日〇〇字第〇〇號函准標售。

公告事項：

一、標售船名：中華民國籍油輪〇〇號壹艘，鋼質油輪，輕排水量計一六、七〇七・五三公噸連船內機件器材合併一標。

二、現泊地點：高雄港第一港口外海。

三、標售方式：密封底價，以每輕排水公噸美元計價（按〇〇年〇月〇日美金與新臺幣折換率折合新臺幣付款）。

四、投標資格：凡經合法登記，持有正式營業執照及最近一期完稅證明卡，經營拆船業務之公民營公司行號及廠商均可申請投標。

五、開標日期：民國〇〇年〇月〇日上午十時在臺北市中華路一段八十三號本公司八樓會議室當眾開標。

六、領取標單等件日期：自登報日起至〇月〇日請於辦公時間內向陽明海運股份有限公司高雄分公司（高雄市蓬萊路九號）索取投標須知等件，逾時不予受理。

七、其他條件詳投標須知。

第八節 契約

一、契約成立的要件

契約是一種法律行爲，規定當事人的權利與義務。凡當事人就一事項，在不違背法律或一般習慣的原則下，彼此取得協議，相互遵守，而紀錄爲文字以作爲憑據，此種文字，即爲契約。

契約既是法律行爲，契約的成立，就須合乎法律的有關規定：

㈠當事人均須有行爲能力

我國民法所稱「行爲能力」，乃指可以獨立爲法律行爲，從而取得權利、負擔義務的能力。基本上，年滿二十歲的成年人，及已結婚的未成年人，皆屬有行爲能力人，得爲契約的當事人。民法第七十五條：「無行爲能力人之意思表示，無效。」故不滿七歲的未成年人，或因心神喪失、精神耗弱，經法院宣告「禁治產」的人，因其無行爲能力，所訂契約無效。

㈡必須經過要約承諾的程序

民法第一百五十五條：「要約經拒絕者，失其拘束力。」第一百五十六條：「對話為要約者，非立時承諾，卽失其拘束力。」契約的成立，須經當事人相互的同意，要約與承諾，缺一不可，如僅爲單方面的意思，或一方脅迫他方而訂立，皆無法律效力，一般契約常有「經雙方同意」、「此係兩廂情願，並無勒逼」，卽在說明這一點。

㈢須依法定方式

民法第七十三條：「法律行為，不依法定方式者，無效。」所謂法定方式，如民法第七百六十條：「不動產物權之移轉或設定，應以書面爲之」，所謂「以書面爲之」，卽「不動產物權之移轉或設定」的法定方式。

㈣不得違反法律強制或禁止的規定

民法第七十一條：「法律行爲，違反強制或禁止之規定者，無效。」強制的規定，指法律規定必須遵守的事項，例如破產法第九十二條規定，破產管理人爲不動產物權之讓與行爲時，應得監查人之同意。如未得監查人同意，而爲不動產物權之讓與，雖「以書面爲之」，亦無效。禁止的規定，指法律規定禁止的事項，例如法律禁止賭博、禁止

[illegible]則賭博契約、販賣人口契約，因違反禁止的規定，皆無效。

㈤不得以不可能之給付爲標的

凡不可能給付的物品，或不能有的行爲，都不可以作爲契約的標的。如人體四肢不可能作爲給付，故買賣四肢的契約無效。

二、契約的結構

1. 契約名稱：在契約正文之前，以簡明文字，概括標示契約的種類或性質。如「房地買賣契約書」、「抵押契約」。

2. 當事人的姓名：當事人爲契約的主體，其姓名在契約中必須載明，如當事人爲法人，應載明法人之名稱。

3. 當事人的自願：契約訂立須經要約承諾，二者雖有主動與被動的不同，皆須出於當事人的自願，舊式契約中的「此係兩廂情願」，新式契約中的「雙方同意」，卽在表示當事人的自願。

4. 訂立契約的原因：訂立契約的原因須正當，或合乎法律規定，或不妨害公共秩序、不違背善良風俗。此正當原因，在契約中應有所表明。如買賣契約「今因正用」，

「正用」爲買賣的動機，買賣爲訂立契約以爲信守的原因；又如「玆爲買賣房屋事，經雙方同意，訂立左列條款」，則買賣房屋爲訂立契約的原因。

5.標的物內容：標的指法律行爲所欲發生的法律效果，如買賣房屋以產權的移轉爲標的，而此房屋卽標的物。其他如借貸金錢，金錢爲其標的物；承攬工作，則勞務爲其標的物。訂定契約必須將標的或標的物內容詳細寫明，以免事後發生糾紛。

6.標的物價格：標的物無論爲動產或不動產，均須將當時議定的價格，用大寫數字，詳細寫明。價款如係一次付清，則寫明付清的時日；如係分期交付，則寫明期數、期限以及各期交付之數目。如有出賣人須出具受款收據的約定，亦應在契約上寫明。

7.立約後的保證：卽對契約標的物之權利的保證，如買賣契約的「此係自產自賣，並無爭執糾葛，亦無重疊交易，日後如有上項情事，概由賣主一面承當，與買主無涉」。

8.雙方應守的約束：針對契約標的，當事人一定有若干相互同意的約定，這些約定，必須在契約中詳細載明，不可遺漏，如約定項目很多，可以分條分項寫明。

9.契約的期限：借貸、僱傭、合夥一類的契約，都有一定的期限，如「訂於民國○○年○○月○○日本利一併歸還」（借貸）、「僱傭期限自民國○○年○○月○○日起，至民國〇〇年〇〇月〇〇日止」（僱傭）。

10.當事人簽名蓋章：當事人在契約開端，本已書寫姓名，如「立租約人〇〇〇」，這是表示契約的主體，而在契約末尾年月日之前，仍須簽名或蓋章，並寫下身分證統一編號和住址，表示信守負責。當事人如爲機關團體，則除蓋機關團體長戳或圖記，其負責人也要簽名蓋章，寫下身分證統一編號。

11.證明人簽名蓋章：證明人須在契約上簽名或蓋章，並寫下身分證統一編號、住址，以證明契約的眞實。

12.訂立契約的日期：此項爲法律上確定權利義務起迄的依據，最好用「壹貳叁肆」等大寫數字，以防塗改。

三、契約撰寫的要點

1.用紙：紙質宜堅韌，以防塗改挖補，並可長期保存。

2.文辭：契約的文辭應：①簡潔，②周詳，③明白，④確定。

3.格式：契約是一種實用文字，以條理明晰爲最重要，宜採取分條列舉的方式。

4.繕寫：契約繕寫時應注意：①字跡工整，筆畫無誤。②數目字除證件資料可按原件字體，其餘一律使用大寫。③使用新式標點。④如有塗改、添注、删去的字，必須在上面蓋代筆人或當事人的印章，並在文後批明「本件塗改（添注、删去）〇字」。如塗改太多，宜重寫。⑤契約寫成後，如有增列條款，可在文後空白處另寫，用「再批」二字開始，用「又照」或「並照」作結，並在「又照」或「並照」下蓋章。

5. 印花與契稅：每一契約，皆須按印花稅法規，貼足印花，並予蓋銷，同時應依法令規定，繳納契稅。

6. 公證：重要契約，最好經法院公證，以使法定要素完備，證據力增強，永久有案可稽，並具備強制執行的效力。

四、契約的種類

契約的應用範圍極廣，種類亦多，玆擇要說明如次：

1. 買賣契約：民法第三百四十五條：「稱買賣者，謂當事人約定一方移轉財產權於他方，他方支付價金之契約。當事人就標的物及其價金互相同意時，買賣契約卽爲成立。」買賣的標的物，包括動產與不動產。動產買賣，通常只須銀貨兩訖便了事；但大宗原料物品、機器設備，以及不動產的買賣，因爲關係比較複雜，容易有糾紛，所以須訂立契約。

2.租賃契約：民法第四百二十一條：「稱租賃者，謂當事人約定，一方以物租與他方使用、收益，他方支付租金之契約。」租賃物可以是動產，如車輛、動物，可以是不動產，如土地、房屋。

3.借貸契約：借貸分使用借貸、消費借貸兩種。民法第四百六十四條：「稱使用借貸者，謂當事人約定，一方以物，無償貸與他方使用，他方於使用後，返還其物之契約。」民法第四百七十四條：「稱消費借貸者，謂當事人約定，一方移轉金錢或其他代替物之所有權於他方，而他方以種類、品質、數量相同之物返還之契約。」

4.僱傭契約：民法第四百八十二條：「稱僱傭者，謂當事人約定，一方於一定或不定之期限內爲他方服勞務，他方給付報酬之契約。」

5.承攬契約：民法第四百九十條：「稱承攬者，謂當事人約定，一方爲他方完成一定之工作，他方俟工作完成，給付報酬之契約。」工程契約卽屬此類。

6.合夥契約：民法第六百六十七條：「稱合夥者，謂二人以上互約出資以經營共同事業之契約。」

7.保證契約：民法第七百三十九條：「稱保證者，謂當事人約定，一方於他方之債務人不履行債務時，由其代負履行責任之契約。」此專就債務之保證而言，而一般所謂保證書，亦應屬此類。

五、契約實例

（例一）物品買賣契約

立物品買賣契約人○○○／○○○（以下簡稱甲方／乙方），因買賣物品事，經雙方一致同意，訂立條款如左：

一、乙方出售……（物品）……（若干數量）與甲方，每件約定單價新臺幣○○元，共價新臺幣○○○元。

二、甲方訂購物品之規格如下：○○○○○

三、交貨日期，自訂約之日起○○天（自○月○日起至○月○日止），送甲方指定地點（○○○）交貨。

四、訂購物品，市價如有變動，乙方不得以任何理由要求調整。價款於訂約對保後先付總價百分之○，計新臺幣○○○元，餘款於訂購物品全部交清後給付。

五、乙方如未照約定期限交貨時，應支付違約金與甲方。違約金按下列方式計算：逾一日至五日，每逾一日按未交貨價千分之〇計算，逾五日至十日，每逾一日按未交貨價千分之〇計算。逾十日仍未交清貨品時，解除本契約。乙方於接到解除契約之通知後〇日內應將甲方支付之貨款返還，並應支付按當地中央銀行核定之放款日拆計算之利息。

六、乙方不照約定規格交貨，甲方得拒絕受領，並得請求其不履行之損害賠償。

七、乙方應覓具當地同業一家及殷實商號一家，爲本契約連帶保證人，乙方如不依約履行時，保證人願共同負擔契約規定之一切責任，並願放棄先訴抗辯權。

八、本契約如有疑義，其解釋權屬於甲方。如附有外國文字譯本者，應以中國文字之字義爲解釋標準。

九、本契約所規定之事項遇有爭執時，乙方同意以甲方所指定之法院爲第一審管轄法院。

十、本契約正本二份，雙方各執一份。副本三份，由甲方存查。

十一、本契約附件共〇份，其名稱爲：〇〇〇〇〇

十二、本契約經甲乙雙方及連帶保證人等蓋章後生效。

立約人

甲　方：（某某機關）

負責人：〇　〇　〇（印）

地　址：

乙　方：（某某廠商）

負責人：〇〇〇（印）
地　址：
連帶保證人：〇〇〇（印）
地　址：
連帶保證人：〇〇〇（印）
地　址：

中華民國　　年　　月　　日

（例二）土地買賣契約書

立土地買賣契約書人買主：〇〇〇（以下簡稱為甲方）
　　　　　　　　　賣主：〇〇〇（以下簡稱為乙方）

本約土地產權買賣事項，經甲乙雙方一致同意訂定條款如後，以資共同遵守：

一、土地標示：座落〇〇縣〇〇市〇〇鄉鎮〇〇段〇〇小段〇〇地號土地總面積〇〇平方公尺（〇〇坪），即〇〇縣〇〇市〇〇鄉鎮〇〇路街〇段〇巷〇弄〇號第〇棟第〇樓房屋所佔該基地土地應有〇分之〇。

二、面積誤差：前條土地面積（如附件㈠）以登記後土地登記簿之記載為準，如有誤差超過百分之一時，應就超過或不足部分按土地單價相互補貼價款。

三、土地價款：土地價款為新臺幣○○元正。其付款辦法依附件㈡分期付款表之規定。

四、貸款約定：土地總價內之尾款新臺幣○○元整，由甲方以金融機關之貸款給付，並由甲乙雙方另立委辦貸款契約書，由乙方依約定代甲方辦妥一切貸款手續。其貸款金額少於上開預定貸款金額者，其差額部分由乙方按金融機關之貸款利息及貸款期限貸給甲方，並辦理第二順位抵押。但因金融機關基於法令規定停辦貸款或其他不可歸責於乙方之原因致不能貸款者，甲方應於接獲乙方通知之日起○天內以現金一次（或分期）向乙方繳清或補足，但甲方因而無力承買時，應於接獲通知之日起○天內向乙方表示解除契約，乙方應同意無條件解約並無息退還已繳款項與甲方。

五、產權登記：土地移轉登記由雙方會同辦理或會同委任代理人辦理之。

六、稅捐負擔：土地移轉過戶前之地價稅及移轉過戶時應繳納之土地增值稅，由乙方負擔。土地移轉登記費、契稅及代辦費，由甲方負擔。

七、違約處罰：

㈠乙方如因中途發生土地權利糾葛致不能履行契約時，甲方得解除本契約，解約時乙方除應將既收價款全部退還甲方外，並應賠償所付價款同額之損害金與甲方。其因本契約之解除而致甲方與本約土地上之房屋買賣契約亦需解約時，甲方因解除該契約所受之損害，乙方同時連帶負賠償責任。

㈡甲方全部或一部分不履行本約第三條附件㈡分期付款之規定付款時，其逾期部分甲方應加付按日千分之〇計算之滯納金於補交時一併繳清。如逾期經乙方催告限期履行，逾期仍不繳付時，乙方得按已繳款項百分之五十請求損害賠償，但以不超過總價款百分之三十爲限。如甲方仍不履行時，乙方得解除本契約並扣除滯納金及賠償金後無息退還已繳款項。

八、乙方責任：乙方保證土地產權清楚，絕無一物數賣或佔用他人土地等情事。如設定他項權利時，並應負責清理塗銷之。訂約後發覺該土地產權有糾紛影響甲方權利時，甲方得定相當期限催告乙方解決，倘逾期乙方仍不解決，甲方得解除本契約，乙方除退還既收價款外，並依本約第七條所定標準爲損害賠償。交接土地後始發覺上開糾葛情事時，概由乙方負責清理，甲方因此所受之損害，乙方應負完全賠償責任。

九、甲方義務：甲方履行左列各款時，乙方應同時交付已移轉登記之土地所有權狀：

㈠付清土地價款。

㈡付清因逾期付款之滯納金。

㈢付清辦理產權登記及銀行貸款所需之手續費、甲方應納之稅捐及應預繳之貸款利息。

十、基地上房屋：本約土地上之房屋由甲方另向興建房屋人價購，該興建房屋人並對本約土地與乙方連帶負瑕疵擔保責任，並同意行使本約第十一條有關解約之規定。

十一、特別約定：

㈠乙方如違反本約第四條之規定或有第七條第㈠款規定之情事，甲方依約解除本契約時，並得同時解除本約土地上之房屋承買契約。甲方及房屋出賣人因而所受之損害應由乙方負責賠償。

㈡甲方如有本約第七條第㈡款規定之情事，乙方依約解除本契約時，甲方應同時解除本約土地上之房屋承買契約。乙方及房屋出賣人因而所受之損害由甲方負責賠償。

十二、未盡事宜：依有關法令、習慣及誠實信用原則公平解決之。

十三、契約分存：本約之附件視爲本約之一部分。本約壹式三份，由甲、乙雙方及連帶保證責任人各執乙份爲憑，並自簽約日起生效。

附件：㈠土地地籍圖謄本（標明本約土地位置）及建築物平面圖各乙份。

㈡分期付款表乙份。

立契約書人：甲　方：

姓　名：

住　址：

身分證統一編號：

乙　方：

姓　名：
住　址：
身分證統一編號：
連帶保證人（興建房屋人）
公司名稱：
公司地址：
負責人：
住　址：
身分證統一編號：
公會會員證書字號：

中華民國〇〇年〇〇月〇〇日

（例三）房屋租賃契約書

立契約書人〇〇〇（以下簡稱甲方）、〇〇〇（以下簡稱乙方）因房屋租賃事件，訂立本契約書，條件如左：

第一條：房屋所在地及使用範圍：○○市○○路○段○○號○樓

第二條：租賃期限：自民國○○年○○月○○日起，至○○年○○月○○日止計○年。

第三條：租金：

㈠每月租金新臺幣○萬元，每月壹日以前繳納。

㈡保證金新臺幣○萬元，於租賃期滿交還房屋時無息返還。

第四條：使用租賃物之限制：

㈠本房屋係供營業之用。

㈡未經甲方同意，乙方不得將房屋全部或一部轉租、出借、頂讓，或以其他變相方法由他人使用房屋。

㈢乙方於租賃期滿應即將房屋遷讓交還，不得向甲方請求遷移費或任何費用。

㈣房屋不得供非法使用，或存放危險物品影響公共安全。

㈤房屋有改裝施設之必要，乙方取得甲方之同意後得自行裝設，但不得損害原有建築，乙方於交還房屋時並應負責回復原狀。

第五條：危險負擔：乙方應以善良管理人之注意使用房屋，除因天災地變等不可抗拒之情形外，因乙方之過失致房屋毀損，應負損害賠償之責。房屋因自然之損壞有修繕必要時，由甲方負責修理。

第六條：違約處罰：

㈠乙方違反約定方法使用房屋，或拖欠租金達兩期以上，經甲方催告限期繳納仍不支付時，視爲期限屆滿，甲方得終止租約。
㈡乙方於終止租約或租賃期滿不交還房屋，自終止租約或租賃期滿之翌日起，乙方應支付按房租壹倍計算之違約金。

第七條：其他特約事項：
㈠房屋之捐稅由甲方負擔，乙方水電費及營業必須繳納之捐稅自行負擔。
㈡乙方遷出時，如遺留傢俱雜物不搬者，視爲放棄，應由甲方處理。
㈢雙方如覓有保證人，與被保證人負連帶保證責任。
㈣本契約租賃期限未滿，一方擬解約時，須得對方之同意。

第八條：應受強制執行之事項：乙方於租賃期滿不遷讓房屋者得逕受強制執行。

甲　方：
乙　方：
保證人：

中華民國○○年○○月○○日

（例四）借款契約書

立借款契約書人○○○（以下稱甲方）、○○○（以下稱乙方）茲因借款事宜，訂立本契約書，條款如后：

一、甲方願貸與乙方新臺幣○萬元正。

二、借貸期限為一年，即自中華民國○○年○○月○○日起，至○○年○○月○○日止，期滿乙方應連同本利一併償還甲方。

三、利息新臺幣每○元日息○分計算，乙方應於每月十日給付甲方，不得拖欠。

四、遲延利息及逾期違約罰金，依新臺幣每○元日息○角○分計算。

五、本契約書之債權，甲方得自由讓渡與他人，乙方不得異議。

六、乙方及保證人不依約履行時，願逕受法院強制執行，不得異議，因此而發生之費用悉由乙方及保證人負擔。

七、本契約壹式五份，請求法院公證，除存案乙份外，當事人各執乙份存照。

甲　方：

乙　方：

連帶保證人：

連帶保證人：

中華民國○○年○○月○○日

（例五）臨時工僱傭契約書

立契約書人○○鐵工廠代表人○○○（以下簡稱甲方）、○○○（以下簡稱乙方）茲就臨時工僱傭事宜，訂立本契約書，條款如后：

一、契約期限：自民國○○年○○月○○日至○○年○○月○○日止爲○天，契約期滿，僱傭關係自然終止。

二、工作時間與休息：

㈠乙方工作時間每日爲八小時，但甲方因業務需要，得要求乙方延長工作時數，惟每日總工作時間不得超過十二小時。

㈡甲方依前項之規定要求乙方延長工作時間，其延長時間之工資應按乙方平時每小時工資之一・三五倍支給。

㈢乙方每工作滿六日，甲方應給予一日休息作爲例假，政府法令規定之國定假日，甲方均應給假，假期內上班以加班計算。

三、請假：

㈠請假乙方需按甲方之規定事先塡具請假單，呈請單位主管核准，否則以曠工論，請假日工資不給。一週內請假一天以上，該週例假日薪資不給。無故連續曠工滿三天以上或一個月內無故曠工累計達六天，甲方得逕行終止契約。

㈡遲到和早退依本廠規定辦理。

㈢乙方因執行職務受傷，依實際情形不能工作者，甲方須給予公傷假，其醫療費用及假期內工資依勞保條例規定辦理。

四、工作報酬：每日給付之工資，甲方應每週一次發給，給付乙方。
五、福利：
(一)乙方不得享受甲方額內員工之退職、退休、撫卹、分紅，但其他績效獎金及福利，得比照甲方額內人員給與。
(二)甲方應按法令規定為乙方辦理參加勞工保險手續，使乙方享有勞保權益。
六、乙方必須遵守甲方工廠之工作規則。
七、乙方保證人就乙方違約所生之損害，對甲方負連帶賠償責任。
八、本契約書壹式叁份，甲乙方及保證人各執乙份存照。

甲　方：
代表人：
乙　方：
保證人：

中華民國〇〇年〇〇月〇〇日

（例六）工程承攬契約書

立契約書人〇〇股份有限公司（以下簡稱甲方）、〇〇有限公司（以下簡稱乙方）茲就承攬工程事宜，訂立本件契約書，條款如后：

一、工程名稱：

乙方願意承包甲方全自動操作燃油水管式蒸汽鍋爐壹套及五十立方米油槽工程壹套。

二、工程範圍：

詳如附件估價單及藍圖。

三、工程總價：

新臺幣〇萬元正。

四、付款方法：

㈠訂立合約時訂金新臺幣〇成。餘款〇成，經向〇〇銀行貸款完成時一次付清。鍋爐完成時甲方負責向〇〇銀行辦理機器質押手續。

㈡訂立合約時付訂金新臺幣〇成，餘款〇或由甲方一次簽開本金之本票十二張與乙方，每三個月一期，分三年按期償還本金（照臺銀貸款利息）。

㈢本工程向〇〇銀行辦理「機器業內銷分期付款」貸款，如貸款准許時，付款辦法延用本條第㈠項，如申請〇〇銀行貸款未蒙核准時，付款辦法延用本條第㈡項方法付款。

五、完工期限：

自訂立合約日起一百八十天內全部試俥完成。每逾一天應罰工程金額之千分之〇，決無異議。

六、保固期限：

本鍋爐自完工日起乙方保固〇年，在此期間內，倘因製造不良所致而發生故障時，概由乙方無價修復，但如操作不愼或天災人力不可抗拒所發生之損壞者不在此限。

七、保證責任：

㈠乙方應提供殷實舖保一家連帶保證乙方確實履行本合約所載之一切條款，保證人願負完全連帶賠償責任，並拋棄先訴抗辯權。

㈡甲方訂購乙方之鍋爐，如因鍋爐之瑕疵所引起之一切損害，應由乙方負一切損害賠償之責。

八、甲方必須開付本工程總額七成之本票，每〇個月償還本金一次〇年內償淸（但如〇〇銀行准許期限縮短時甲方仍應同意），甲方並覓具保證人背書本票及負擔必須利息。

九、本合約書正本叁份，甲乙雙方及保證人各執乙份爲憑。

甲　方：〇〇股份有限公司

代表人：

乙　方：〇〇有限公司

代表人：

保證人：

中華民國〇〇年〇〇月〇〇日

（例七）工程契約

立工程契約人業主○○○（以下簡稱甲方）、承包商○○○（以下簡稱乙方），因○○工程事，經雙方同意訂立本契約，其條款如左：

一、工程名稱：

二、工程地點：

三、契約總價：全部工程總價新臺幣　億　仟　佰　拾　萬　仟　佰　拾　元　角整，詳細表附後，工程結算總價按照　計算之。

四、工程期限：本工程應於雙方簽訂契約後十日內開工，並於○○日曆／工作天內完成。

五、契約範圍：本契約包括契約條文、工地說明書、開標紀錄、標單（工程估價單、單價分析表）、圖樣、施工規範及說明書、投標須知、保證書及保密切結等文件一切章程在內。

六、圖說規定：乙方應依據設計圖樣及施工規範與說明書負責施工，如施工圖樣與說明書有不符合之處，應以施工圖樣爲準，或由雙方協議解決之。

七、契約保證：

㈠乙方應提供兩家以上殷實舖保或金融機構（銀行、保險公司、信託公司）或等值有價證券及不動產之保證，保證者應負本契約之一切責任。

㈡保證者有中途失其保證資格、能力或自行申請退保時，乙方應立即覓保更換，原保證者於換保手續完成，並接甲方通知後，始得解除其保證一切責任。

㈢保證者應俟本契約失效時，始得解除其保證一切責任。

八、甲方指派監工員職權：

㈠甲方得選派具備監工資格之人員監督乙方有關工程之施工。

㈡甲方監工人員依據本工程契約所定範圍執行下列任務：

1.審核乙方提出工程進度表及監督實際施工。

2.對乙方所選派之監工人員及工人有監督之權。

3.就工程圖樣及施工說明書範圍施工並監督。

4.工程材料進場及工作進行時之檢驗。

㈢甲方監工人員執行任務時，如遇困難、阻礙或工程不合規定時，乙方應隨時解決及改正。

九、乙方監工員：乙方應選派富有工程經驗之監工人員常駐工地負責管理施工之一切事宜，並接受甲方施工監督。

十、材料檢查：

㈠關於本工程所使用之材料，其品質或等級不甚明瞭時則以中材爲準。

㈡本工程使用材料，甲方應於進場時卽行檢查之。

㈢特殊材料之檢驗如須委託其他機構辦理者，其費用由乙方負擔。

㈣檢驗不合格之材料乙方應卽撤離工地。

㈤檢驗合格已運入工地材料，非經甲方同意不得撤離工地。

十一、會同監督之工程：凡必須會同甲方監工人員共同監督進行之工作，雙方監工人員均應配合所訂施工時間如期到達工地，共同監督進行。若甲方未能如期到達，因而造成乙方之損失，乙方得要求甲方展延工期及損失賠償。

十二、甲方供給之材料與租借機具設備：

㈠凡規定由甲方供給之材料或租借機具，應按需用時間由乙方領用；如果甲方未能及時如數供給，甲方應核實補償乙方之損失。

㈡乙方認爲其品質或規格與契約規定不符時，應即通知甲方更換之，倘在乙方使用期間甲方要求返還，因此而使乙方蒙受損害時，甲方應予補償，由甲乙雙方協商解決之。

㈢乙方對於甲方點交無償供給之材料及租借機具設備應善加保管，對於供給之材料，如認有不足時，乙方應於得標後三十日內，向甲方提出申請，經甲乙雙方核實結果，如確有不足時，應由甲方補足之，如有剩餘時，乙方應按甲方指定場地交還。租借之機具設備，如有遺失或毀損時，乙方應在甲方指定期間修復原狀，繳還或賠償之。

十三、工程變更：甲方對工程有隨時變更計畫及增減工程數量之權，乙方不得異議，對於增減數量，雙方參照本契約所訂單價計算增減之。惟如有新增工程項目時，得由雙方協議合理單價。倘因甲方變更計畫，乙方須廢棄已成工程之一部或已到場之合格材料時，由甲方核定驗收後，參照本契約所訂單價，或比照訂約時料價計給之。

十四、工程終止：甲方認爲工程有終止之必要時，得解除契約全部或一部分，一經通知乙方，應立即停工，並負責遣散工人，其已完成工程，及已進場材料，由甲方核實給價。倘因此而使乙方蒙受損害時，甲方應予補償。
十五、工期延長：因下列原因及因甲方之影響，致不能工作時，得照實際情況延長工期：
㈠人力不可抗拒之事故。
㈡甲方之延誤。
十六、工料價格變動之調整：工程進行期間，如遇物價波動時，依最近中央政府年度總預算施行條例第七條規定補貼標準辦理。
十七、一般損害：工程開工以後交接以前，如有損（焚）毀或滅失，由乙方負擔之。但如遇天災或人力不可抗拒之災禍不在此限。
十八、天然災害：
㈠因天災或人力不可抗拒之原因，致使已完工程及機具器材遭受損害時，乙方應於事實發生後，將實在狀況及損失數字通知甲方核實補償之，但如有保險賠償及其他可彌補之款項，應從損害額中扣除之。
㈡前項損害額由甲乙雙方協議定之。
十九、驗收及接管：乙方於工程完成時，應即通知甲方：
㈠甲方接獲乙方前項通知時，甲方應於十五日內初驗，俟驗收合格後，經甲方通知乙方送達領款發票日起三日內付清承包價款。

㈡驗收時如有局部不合格時，乙方應即在限期內修理完成後，再行申請甲方復驗。

㈢經驗收合格後，甲方應卽行接管。

二十、部分使用：

㈠甲方於工程完成一部分如因提前使用，得先驗收其完成部分。

㈡甲方對於未完成部分，在不妨害乙方施工原則下，亦可徵得乙方之同意使用之。

㈢甲方對使用部分工程負保管之責。

㈣如由於甲方之使用以致乙方遭受損害時，甲方應賠償其損害額，其數額由甲乙雙方協議定之。

二十一、付款辦法：乙方支領工款所用之印鑑應爲簽訂本契約所用之印鑑，並繳存甲方印鑑二份；內一份存主計單位，其領款辦法依左列辦法辦理：

㈠在工程訂約時乙方應繳存甲方等於工程總價百分之一之工程保證金，上項保證金得以金融機構（銀行、保險公司、信託公司）或等值有價證券保證之。

㈡工程開工後每〇日由甲方將乙方在該期內完成之工程估驗計價，支付該期估驗計價百分之九十五，如遇物價指數應予調整時，則在每月月底按進度計算補行計價。

㈢全部工程完成並經正式驗收，乙方並已繳存保固切結及保不漏切結，除保留工程總價百分之一作爲工程保固金，俟保固期滿後再行發還外，其餘尾款結清，並無息退還乙方所繳存之全部工程保證金。

㈣進場材料：

1.成品：經檢驗合格後，按成品單價百分之六十付款。

2.單項材料：經檢驗合格後，按單項材料單價百分之四十付款。

二十二、保固：工程自經甲方驗收合格之日起，由乙方保固○年，在保固期間工程倘有損壞坍塌、屋漏等或其他之損壞時，乙方應負責免費於期限內修復，如延不修復，甲方得動用保固金代為修復。

前項保固得以金融機構（銀行、保險公司、信託公司）或等值有價證券及不動產保證之。

二十三、逾期責任：由於乙方之責任未能按第四條規定期限內完工，每過期一天須扣除工程總價千分之一。

二十四、甲方有按期付款之義務：

㈠甲方有按期付款之義務，如每期付款超過上開各條規定七日以上，致乙方遭受損失，應由甲方賠償之。

㈡甲方對應付工程款，無故遲延，經乙方催告無效時，乙方得終止工程，並隨時通知甲方，乙方因此所受之損失，由甲方賠償之。

二十五、甲方之終止契約權：

㈠工程未完成前甲方得隨時終止契約，但應賠償乙方所生之損害，而乙方有左列各項之一者，甲方得終止本契約，甲方因此而受有損失，乙方應負賠償之責，如乙方無力賠償時，應由保證人賠償之：

1. 乙方未履行本契約規定。

2. 乙方能力薄弱，任意停止工作，或作輟無常，進行遲滯有事實者，甲方認爲不能如期竣工時。

㈡依據前項終止契約時，已完成工程部分經過檢查合格者，爲甲方所有，甲方應按契約單價於終止契約十天內付乙方承包金額。

二十六、乙方之終止契約權：甲方有左列情事之一者，乙方得終止本契約，甲方必須賠償所受一切損失：

㈠因甲方違反契約之事實，致工程無法進行時。

㈡甲方顯無能力按契約規定支付工程款時。

㈢甲方要求減少工程達三分之一以上者。

㈣訂約後，甲方在六個月內仍無法使乙方開工者。

二十七、保險：乙方應將工程標的物及工程用材料（包括甲方供給材料），依甲方規定投保營造保險，保險費用由甲方列入工程標單內。

二十八、施工安全與配合：

㈠乙方應遵照「勞工安全衛生法」及「營造安全衛生設施標準」規定切實辦理。

㈡乙方對維護交通、環境衛生應配合甲方之施工環境，設置有關顯明標誌，以策安全，倘因疏忽而發生意外，乙方應負一切責任。

㈢乙方對工地設備，應求齊全，諸如工人之食宿、醫藥衛生、材料、工具儲存、保管、交還等，均應有充分之作業規定與設備，其設置地點之選擇，以施工方便、安全爲原則，但事先應先與甲方協調並經同意之。

㈣在施工期間，甲乙雙方應儘量協調配合，以便順利施工。

㈤乙方對於有機密性之工程，無論任何文件、地點、時效等均應代爲保密，不可任意洩漏，否則應負法律責任。

二十九、合約分存：本契約正本二份，雙方各執一份，副本○份，由甲乙雙方分別存轉，每份契約附件，計圖樣○張、施工說明書○張、標單○張、開標紀錄○張、投標須知、保證書、領款印鑑等。

立契約人

甲　方：（機關全銜）

法定代理人：○　○　○（印）

乙　方：（廠商）

負責人：○　○　○（印）

地　址：

對保覆章　保證人：（商號）

負責人：○　○　○（印）

地　址：

對保人　保證人：（商號）

負責人：○　○　○（印）

地　址：

中華民國　年　月　日訂立

（例八）合夥契約書

立契約書人○○○（以下簡稱甲方）、○○○（以下簡稱乙方）、○○○（以下簡稱丙方）、○○○（以下簡稱丁方）、○○○（以下簡稱戊方）茲就合夥經營餐廳（以下簡稱本餐廳）事宜，訂立本件合約書，條款如后：

一、本餐廳定名爲○○餐廳，地址設於○○市○○路○號○樓。

二、本餐廳資本總額定爲新臺幣○萬元正，合夥人出資數目詳列如左：

甲出資○萬元正。

乙出資○萬元正。

丙出資○萬元正。

丁出資〇萬元正。
戊出資〇萬元正。
三、職務分配：甲方擔任行政事務總負責人，乙方擔任總經理，丙方擔任財務經理，丁方擔任業務經理，戊方擔任廚房領班。
四、廚房由戊方負責一切事務，惟三爐、三坫、點心、籠、熇之師傅人選及聘僱事宜，應經甲方及乙方同意。
五、業務經理負責業務推廣及前堂人事管理。
六、財務經理兼負責對外公共關係（如警察局、衞生局、稅捐處、銀行等），對內負責餐廳之一切安全及總務。
七、副理、顧問及會計人員由甲方聘用。
八、領班、組長、服務生、服務臺、總機服務人員由乙方聘任。
九、合夥人會議每月開會一次，由甲方召集之，遇有必要時，甲方或乙方均得召集臨時會議。
十、合夥人會議，應有合夥人半數出席，以出席過半數表決之同意作成決議。
十一、合夥人之表決權分爲二十個單位，每出資二十五萬有一表決權。
十二、合夥人對持分權如有意轉讓時，應經過合夥全體同意，方爲有效。
十三、合夥人不得對本餐廳借款，如有私人對外借款時，均由私人負責償還，不得連累本餐廳，本餐廳之支票，禁止任何合夥人私人使用。

十四、凡需臨時添購物品總費用在新臺幣〇元以下時，由甲方或乙方決定支付；如超過上述金額時須召集臨時合夥人會議決之。

十五、本餐廳每〇月分配盈餘壹次，按出資額之比率分配之；如有虧損，亦按出資額比率分擔。

十六、本合約內未訂定事項，悉依民法及其他有關法令辦理之。

十七、本合約書簽訂同時，甲、乙、丙、丁、戊各合夥人應將出資額一次繳清。

十八、本合約書壹式五份，甲、乙、丙、丁、戊各執乙份爲憑。

甲　方：

乙　方：

丙　方：

丁　方：

戊　方：

中華民國〇〇年〇〇月〇〇日